W0411429

MICHEL BUSSI

À 40 ans, en 2006, géographe universitaire de renom, Michel Bussi publie son premier roman, *Code Lupin*. Mais c'est *Nymphéas noirs*, polar le plus primé en 2011, devenu aujourd'hui un classique, qui le fait remarquer par un large public.
Il atteint en quelques années le podium des auteurs préférés des Français, et se hisse à la première place des auteurs de polar. Un genre qu'il a su revisiter à sa façon avec toujours la promesse d'un twist renversant.
Consacré par le Prix Maison de la Presse pour *Un avion sans elle* en 2012, il a reçu depuis de nombreuses récompenses. Tous ses romans ont paru en version poche aux éditions Pocket, trois d'entre eux ont été adaptés avec succès à la télévision, la plupart sont adaptés ou en cours d'adaptation en bandes dessinées, et ses droits cédés dans trente-sept pays.
Si le romancier se distingue par son art du twist, il pose aussi sur la société un regard juste, personnel, profond. Et sans jamais oublier l'humour, il sait partager avec ses lecteurs le plaisir de la culture populaire, notamment musicale. « Sans une bonne mélodie, même les plus belles paroles d'une chanson ne procureront jamais d'émotion. L'intrigue de mes romans, c'est ma mélodie. »

Retrouvez toute l'actualité de l'auteur sur son site :
www.michel-bussi.fr

CODE 612

Qui a tué le Petit Prince ?

ÉGALEMENT CHEZ POCKET

UN AVION SANS ELLE
NYMPHÉAS NOIRS
NE LÂCHE PAS MA MAIN
N'OUBLIER JAMAIS
GRAVÉ DANS LE SABLE
MAMAN A TORT
LE TEMPS EST ASSASSIN
ON LA TROUVAIT PLUTÔT JOLIE
SANG FAMILLE
TOUT CE QUI EST SUR TERRE DOIT PÉRIR
J'AI DÛ RÊVER TROP FORT
AU SOLEIL REDOUTÉ
RIEN NE T'EFFACE
CODE 612 : QUI A TUÉ LE PETIT PRINCE ?

T'EN SOUVIENS-TU, MON ANAÏS ?
et autres nouvelles

MICHEL BUSSI

CODE 612

Qui a tué le Petit Prince ?

Les Presses de la Cité

ISBN 978-2-266-32821-0
Dépôt légal : octobre 2022

Il n'y eut rien qu'un éclair jaune près de sa cheville.
Il demeura un instant immobile. Il ne cria pas.
Il tomba doucement comme tombe un arbre.
Ça ne fit même pas de bruit, à cause du sable.

Le Petit Prince

Avant-propos

Le matin du 31 juillet 1944, Antoine de Saint-Exupéry s'envole de Borgo, en Corse, pour une mission de reconnaissance militaire. Personne ne le reverra jamais.

Sa disparition demeurera une énigme pendant près de soixante ans, jusqu'à ce qu'à la suite d'un étonnant concours de circonstances, on repêche en Méditerranée quelques débris du bimoteur américain sur lequel il volait.

Est-ce pour autant la fin du mystère Saint-Exupéry ?

Le corps de l'écrivain n'a jamais été retrouvé. Les rares récits des témoins se contredisent.

Que nous reste-t-il aujourd'hui pour élucider sa disparition ? Saint-Exupéry aurait-il semé des indices derrière lui ? Existe-t-il une clé dans ses derniers écrits ?

Un peu plus d'un an avant sa mort, avant de repartir combattre en Europe, l'écrivain a rédigé un court texte, d'abord considéré comme une œuvre mineure et naïve.

Le Petit Prince.

Et si ce conte était son testament ?

Et si Saint-Exupéry y révélait les secrets de sa disparition ?

La mort brutale du Petit Prince dans le conte, et celle de Saint-Exupéry quelques mois plus tard présentent d'étonnantes ressemblances. On n'a retrouvé de Saint-Exupéry qu'une carcasse rouillée d'avion, alors que le Petit Prince annonçait qu'on ne retrouverait de lui *qu'une vieille écorce abandonnée.*

Ce n'est pas triste les vieilles écorces, nous prévenait Saint-Exupéry. *J'aurai l'air d'être mort et ce ne sera pas vrai !*

Le phénoménal succès éditorial du *Petit Prince* tout comme la vie aventureuse de Saint-Exupéry ont fait l'objet d'une abondante littérature. Pourtant, aucun ouvrage n'a jusqu'à présent cherché à dresser le parallèle entre le destin de Saint-Exupéry et celui du Petit Prince.

Parce que le crime a été habilement maquillé derrière un conte philosophique ?

Parce que personne ne s'est vraiment posé la question ?

Qui a tué le Petit Prince ?

C'est cette idée qui a guidé ce roman : tirer le fil de l'étrange similitude entre la disparition de Saint-Exupéry et celle de son héros. Mener la contre-enquête.

Les coupables possibles et les mobiles ne manquent pas. J'ai rassemblé toutes les pièces du dossier.

Tous les faits exposés dans ce livre sont vrais. Toutes les anecdotes sur la vie et la disparition de Saint-Exupéry sont réelles. Toutes les citations mentionnées sont fidèlement retranscrites. Toutes les références à son manuscrit original, à ses hésitations, choix, ratures, aux dessins retenus ou non avant que le conte ne soit édité, ou à la carte de Piri Reis, sont rigoureusement exactes.

Après avoir recueilli tous ces éléments avérés, j'ai fait le choix de les ordonner d'une façon qui, je crois, n'avait jamais été imaginée.

Ces pièces du mystère seront à votre disposition. Vous pourrez vous aussi jouer aux détectives, et proposer votre propre solution.

Peut-être n'avez-vous jamais lu *Le Petit Prince*, ou il y a trop longtemps pour que vous vous en souveniez avec précision. Dans ce cas, laissez-vous guider par mes deux enquêteurs.

Peut-être êtes-vous de ceux qui l'ont lu et relu, et en connaissent intimement chaque phrase. Vous pourrez alors vous amuser à rechercher les multiples clins d'œil semés à travers les lignes de cette histoire.

Les astéroïdes sont devenus des îles, le vol d'oiscaux sauvages est remplacé par un avion, mais les témoins sont les mêmes, absurdes et attachants.

Bon vol, belle lecture, belle redécouverte de ce conte inclassable. J'espère que cette contre-enquête le sera tout autant. Mystérieuse, surprenante et poétique.

L'île du businessman

Quand tu trouves une île qui n'est à personne, elle est à toi.

Le businessman, astéroïde 328

On voit trois étoiles dans un trou, on monte vers elles.

Ensuite, on ne peut plus redescendre, on reste là à mordre les étoiles.

Vol de nuit

I

— Il y a une feuille qui dépasse.

Véronique se tient devant la porte, sous la véranda, et me sourit. C'est le premier vrai jour de beau temps depuis des semaines. Le ciel est bleu, sans le moindre voile. On entend le chant des tondeuses jusqu'aux confins du lotissement.

J'arrache la feuille rebelle et admire la haie de troènes, lisse et droite. Parfaite. Véronique m'envoie un baiser et examine le reste du jardin. Son regard se pose sur les racines du cerisier du voisin qui menacent de se glisser sous les dalles de l'allée, sur le barbecue de briques que je n'ai pas nettoyé depuis hier soir, sur le portail resté ouvert.

Je franchis les trois mètres qui séparent notre maison des limites de notre jardinet. Je pousse la grille.

— Merci, murmure Véronique. Notre petite planète... Notre petite planète est presque parfaite.

Le soleil ne semble briller que pour nos cent mètres carrés. Pour rendre belle Véronique aussi. Elle disparaît d'un coup.

— Téléphone, Neven, pour toi.

Elle me tend le combiné. Je marche dans le jardin.

— Neven Le Faou ?

— Oui ?

— Oko Dòlo. Vous êtes bien mécanicien à l'Aéroclub du Soleil XIII ? Votre patron m'a donné votre numéro.

— Oui ?

— J'ai besoin de vous. Tout près de Marseille. Calanque de Sormiou.

— Maintenant ?

— Ça ne vous prendra qu'un instant. Mais j'ai vraiment besoin d'un spécialiste des vieux avions.

Je me retourne tout en parlant. Le vent s'est un peu levé. Je remarque que Véronique frissonne et je referme devant elle la vitre de la véranda, autant pour qu'elle n'ait pas froid que pour qu'elle ne m'entende pas répondre.

— J'arrive.

II

Le yacht d'Oko Dòlo s'éloigne de la plage de Sormiou. Je regarde la calanque rapetisser et les mouettes quitter leurs cachettes pour survoler le bateau. Le vaisseau blanc progresse presque silencieusement, comme tiré par les oiseaux à l'aide de fils invisibles. Le *Diamant des Îles*, c'est son nom, est aussi fin qu'un avion, un avion sans ailes glissant sur un ciel sans vagues.

Oko Dòlo a tout posé sur la petite table d'acajou. Je détaille les morceaux de métal rouillés. Un stylo. De vieilles tôles.

Oko saisit avec précaution, entre ses immenses doigts, le petit stylo noir.

— Un pêcheur vient de le remonter dans son filet. Un Parker 51. Encastré dans ces plaques de fer.

Je me penche un peu plus. Je reconnais des morceaux de cockpit, d'ailerons, d'empennages.

Aucun doute possible. Je me lance.

— L'épave d'un Lockheed P-38 Lightning ?

Oko Dòlo siffle, admiratif.

— Bravo ! Votre réputation n'est pas usurpée.

Je hausse les épaules. Sans fausse modestie. Je ne comprends pas l'intérêt de cette carcasse rongée par l'eau salée.

— Des centaines de pilotes de guerre ont perdu la vie au-dessus de la Méditerranée. Qu'est-ce que cette carlingue a de particulier ?

Oko joue avec le capuchon noir, cerclé d'argent, du stylo-plume. Le yacht s'est arrêté au nord-est de l'île de Riou. Les mouettes se sont éloignées.

— Le 31 juillet 1944, Antoine de Saint-Exupéry a disparu, quelque part au large des côtes de Provence, à bord d'un P-38 Lightning.

Des souvenirs flous vieux d'une vingtaine d'années me reviennent. Des unes de journaux. Des flashs radio. À l'époque, j'avais encore la tête dans les nuages, je m'intéressais aux avions qui volaient, pas aux épaves.

— On a fini par le retrouver, non ?

Oko Dòlo confirme.

— Effectivement. Ici même. Au large de l'île de Riou. Plus de cinquante ans après sa disparition. Mais... Mais on n'a jamais découvert de preuve formelle. Ni son corps. Ni d'objets personnels.

Je détaille à nouveau le stylo Parker, les morceaux d'avion éparpillés.

— Et vous pensez tenir une preuve formelle ?

— À vous de me le dire...

— Vous... Vous êtes qui ?

— Un petit prince. Un petit prince riche et noir. Un petit prince qui doit tout à Saint-Exupéry.

III

— Tu te rends compte, pour identifier ces débris d'avion, ce milliardaire camerounais est prêt à me payer 10 000 euros !

— Il y a des milliardaires au Cameroun ? s'étonne Véronique.

Elle s'est installée sur la terrasse, devant son ordinateur. Je m'approche.

Je prends le temps de regarder notre maison. À l'image de celle dont Véronique rêvait. J'ai exaucé chacun de ses vœux. Les briques roses, les géraniums aux fenêtres, les colombes sur le toit.

— Je devrai travailler avec un détective privé de la Fox Company engagé par cet Oko Dòlo. J'y retourne demain... Incroyable, non ? Une telle enquête pour un écrivain disparu il y a plus de soixante-dix ans !

La chaleur du matin inonde déjà la terrasse. Les cheveux blonds de Véronique ressemblent à des rayons d'or qu'un soleil n'aurait pas eu le temps de coiffer. Sur son front perlent de minuscules gouttes arc-en-ciel.

— Chéri, c'est l'heure du petit déjeuner, tu as pensé à moi ?

Confus, je m'éclipse avant de revenir avec un verre d'eau fraîche. Véronique fixe toujours l'ordinateur. Concentrée.

Je me penche vers elle, décidé.

— Qu'ils dorment en paix, Saint-Exupéry et le Petit Prince. Je crois que je vais laisser Oko Dòlo se débrouiller.

— 10 000 euros, pour eux, c'est une goutte d'eau.

Véronique n'a pas levé les yeux, elle continue de lire sur son écran plusieurs articles dont je ne distingue que les illustrations en aquarelle : des planètes, des dunes, des étoiles...

— Le Petit Prince a plutôt bien réussi dans la vie, il possède un très gros compte en banque aujourd'hui.

Elle lape délicatement son verre d'eau, puis son regard vole de fenêtre en fenêtre.

— Cent soixante-dix millions d'exemplaires vendus dans le monde ! Et il s'en écoule encore plusieurs centaines de milliers chaque année, rien qu'en France. Indémodable ! Quatre cent trente-quatre traductions. Après la Bible, c'est le livre le plus vendu et le plus traduit au monde. (Elle porte à nouveau le verre à sa bouche et laisse sur la buée l'empreinte de ses lèvres.) Sans oublier les produits dérivés… (Elle clique et apparaît une mosaïque d'images aux teintes pastel.) Peluches, parfums, montres, lunettes, dînettes, cahiers, carnets, lampes, draps, jeux... Vertigineux !

Véronique tousse un peu. L'eau que je lui ai servie était sans doute trop fraîche. Pour éviter que la légère bise ne refroidisse plus encore sa gorge, je tire le paravent de la terrasse. Puis je demande :

— Saint-Exupéry est mort en 1944. Je croyais que les écrivains classiques tombaient dans le domaine public ?

Véronique clique.

— Je vais te dire... Voilà ! Une œuvre tombe dans le domaine public soixante-dix ans après la mort de son auteur.

Je calcule.

— Donc *Le Petit Prince* appartient au domaine public depuis 2014 !

Nouveaux clics.

— Eh non ! Les écrivains héros de guerre, « morts pour la France », bénéficient d'une rallonge de plusieurs années ! Et vu que Saint-Exupéry est sur la liste, ça nous amène à 2032 ! En France, du moins.

Je réfléchis. Je repense au stylo Parker. Aux débris du P-38 Lightning. Aux paroles d'Oko Dòlo : « On n'a jamais découvert de preuve formelle. Ni son corps. Ni d'objets personnels. »

— Ce qui veut dire que... que si on découvrait que Saint-Exupéry n'est pas mort pour la France ? Pschitt, terminé les droits d'auteur du livre le plus vendu au monde ?

Véronique approche encore ses yeux de la poussière de l'écran. Ses cils battent comme pour la balayer.

— Ses seuls héritiers semblent être ses neveux et petits-neveux. Ce sont eux qui gèrent tout.

— Saint-Exupéry n'était pas marié ? Pas d'enfant ? Pas de testament ?

— Pas d'enfant... Sauf son Petit Prince ! Pas de testament, mais marié ! D'après ce que je lis, à sa mort, deux camps qui se détestaient se sont affrontés. Celui des neveux de Saint-Exupéry et celui de sa femme, Consuelo. Faute de testament, Consuelo aurait tenté d'en fabriquer un faux en sa faveur, que les neveux ont dénoncé... Le tout s'est soldé par un accord à l'amiable : 50 % des droits pour chaque camp, mais Consuelo a été écartée pour tout le reste. Seule la famille a obtenu le droit moral sur l'œuvre.

— C'est-à-dire ?

— De décider ce qu'on a le droit de faire ou non avec *Le Petit Prince*... Une suite... Un film... Des traductions... Des produits dérivés...

Véronique tousse encore. Je place mes bras en écharpe autour de ses épaules et je lui murmure :

— Moi qui croyais que le Petit Prince avait disparu, mordu par le serpent, et qu'il ne restait de lui qu'une étoile.

Elle se dégage et me regarde comme si j'étais le plus naïf de tous les petits garçons.

— Je crois que les grandes personnes ont compris que cela avait beaucoup plus d'importance ! Le premier réflexe des businessmen a été de placer l'étoile du Petit Prince, son astéroïde pour être précise, en banque. Ils ont écrit son nom sur un petit papier, B 612, puis enfermé à clé ce papier dans un tiroir. Ainsi, le Petit Prince leur appartient, comme les étoiles. Ce n'est pas très poétique, mais c'est vraiment sérieux !

IV

Oko Dòlo écarte de la main le hanneton qui vole autour de lui. Il s'assoit et observe la boîte posée devant lui. Une boîte rectangulaire, blanche, décorée de trois trous alignés.

Son yacht tangue doucement, au rythme des vagues qui filent s'écraser sur les côtes désertes de l'île de Riou. Des confettis d'herbe survivent entre les rochers blancs, comme si les pâturages avaient été grignotés par des armées de lapins, chèvres et moutons, jusqu'à en dénuder la pierre.

Oko n'a pas un regard pour le paysage.

Il lit à nouveau son nom et son adresse inscrits sur la boîte, détaille le timbre tamponné dans un alphabet inconnu, peut-être de l'arabe ancien. Aucune indication de l'expéditeur. Seulement un nom.

Club 612.

Oko soupèse la boîte. Elle est légère. Aucun bruit quand on la secoue. Comme si elle était vide. En tout point identique à la caisse dessinée par Saint-Exupéry pour le mouton du Petit Prince. Son dessin préféré.

Oko hésite à l'ouvrir.

Il se demande si les autres – Marie-Swan, Moïsès, Izar, Hoshi, le géographe – l'ont également reçue, ou s'il est le premier.

Il résiste à la tentation. Il se lève avec difficulté, se tient le bas du dos, ces satanés rhumatismes deviennent insupportables, puis prend la boîte et la range dans la cambuse.

Il l'ouvrira après.

Après avoir reçu le détective et Neven.

Il doit les tester d'abord. Cette fouine surdouée et cet aviateur raté.

Il a mis tant de soin à les choisir.

Seront-ils à la hauteur ?

V

— Merci d'avoir accepté, me félicite Oko Dòlo.

Le *Diamant des Îles* est amarré à Port-Miou. Le plus gros des yachts de la calanque. Le soleil s'amuse à ricocher contre les falaises blanches pour transformer en four l'étroite vallée. Debout sur le pont, je tente de suivre la danse noire de l'ombre d'un pin maritime, tout en regrettant déjà d'avoir écouté Véronique et d'être venu.

— On attend le détective de Fox Company pour prendre la mer, précise Oko Dòlo. Il ne devrait pas tarder.

Le Camerounais souffre aussi de la chaleur. Chaque pas sur le bateau paraît lui coûter un litre d'eau.

— Il s'appelle Andy. Vous ferez équipe ensemble.

J'attends. Le goutte-à-goutte dans mon dos égrène les secondes. Un bruit enfin. Une Vespa rouge. Un motard se gare sur le quai. Une silhouette petite et fine ôte son casque. Je prends d'abord le détective de Fox Company pour un adolescent. Cheveux courts et roux. Jean serré et tee-shirt orange à capuche. Avant qu'il se retourne.

Une fille !

Andy est une fille !

Elle saute d'un bond sur le pont du *Diamant des Îles* et me tend la main, tout sourire. Son visage est rond comme la lune, une lune rousse, ou plutôt une lune vanille poudrée de flocons de cannelle.

— Andie ! Stagiaire chez Fox Company.

La gamine a l'air d'avoir vingt ans. Peut-être même deux de moins... ou deux de plus maxi. La Fox Company a envoyé une apprentie ! Oko Dòlo ne semble pas s'en émouvoir. Il largue les amarres. Cap sur l'île de Riou.

Le yacht vogue à vive allure. Oko a placé le stylo Parker 51 rouillé sous une petite vitrine de Plexiglas.

— Ce stylo-plume, explique le businessman, est la troisième découverte majeure permettant de résoudre le mystère de la disparition de Saint-Exupéry. Le 31 juillet 1944, Antoine de Saint-Exupéry a décollé de Borgo, en Corse, tôt le matin, à bord d'un avion américain, un bombardier P-38 Lightning, pour une mission de reconnaissance jusqu'à Grenoble. Saint-Exupéry ne répondra à aucun appel radio. À 14 h 30, son carburant est épuisé. À 15 h 30, il est porté disparu. Il ne réapparaîtra jamais. Certains ont évoqué d'abord qu'il ait pu se poser en Suisse, ou dans le Vercors pour rejoindre la Résistance... On cherchera ensuite sans succès des traces de l'épave de son avion au large de Saint-Raphaël, suite à des témoignages de pilotes allemands... et surtout parce que la maison de famille des Saint-Exupéry, le château d'Agay, y surplombe la mer. Pendant plus de cinquante ans, aucun indice, aucun début de piste ne sera découvert. Jusqu'à ce que la vérité éclate en septembre 1998 ! Ici, au large de Marseille, un pêcheur, Jean-Claude Bianco, remonte dans ses filets une gourmette d'argent. Bien qu'ayant longtemps séjourné dans l'eau, l'inscription sur le bijou reste lisible. *Antoine de Saint-Exupéry (Consuelo), c/o Reynal and Hitchcock Inc., 386 4th Ave N.Y. City, USA*. Le mystère est enfin levé ! Saint-Exupéry a coulé quelque part sous nos pieds.

La petite stagiaire de la Fox Company, qui jusque-là avait écouté sagement, intervient soudainement. Elle agite sa main telle une élève assez sûre d'elle pour interrompre son prof en plein cours.

— Ça, déclare-t-elle, c'est ce que tout le monde croit !

Elle redresse les épaules et ébouriffe ses cheveux en pics de hérisson. Je remarque une rose tatouée dans le bas de son cou.

— Le mystère résolu ? insiste Andie avec un adorable sourire. Perso, cette histoire de gourmette, je n'y ai jamais cru !

Oko sourit lui aussi. Visiblement, il attendait avec impatience le début du débat.

— C'est pourtant la version officielle, précise avec calme le businessman.

— C'est surtout une version providentielle ! réplique Andie. Le périmètre de recherche, entre la Corse et les Alpes, représente plus de huit cent mille kilomètres carrés ! Rien qu'en mer, des centaines de milliers de mètres cubes d'eau ! Et comme par hasard, on va repêcher, à plus de cent mètres de profondeur, une gourmette de trente grammes ! Et résoudre ainsi le plus grand mystère dormant sous la Méditerranée ! En général, je suis plutôt naïve, mais de là à avaler un tel miracle...

Andie ne parvient pas à rester en place. Elle sautille sur le pont telle une souris, à m'en donner le tournis. Soit elle est une spécialiste bluffante de Saint-Ex, soit elle a révisé toute la nuit.

— Cette gourmette existe bel et bien, argumente Oko. Avec le nom de Saint-Exupéry, de sa femme et l'adresse de son éditeur à New York gravés dessus.

— Ah çà, répond Andie, tout est écrit. Tout est si bien expliqué sur cette gourmette repêchée qu'il est impossible de passer à côté ! Il y a juste un petit détail qui cloche : avant que ce pêcheur ne la sorte de son filet, personne n'en avait jamais entendu parler. Aucune trace ! Personne ne sait d'où elle vient. Des experts ont visionné des centaines de photos de Saint-Ex : il n'en portait jamais ! Et quand à force de chercher, on finit par en dénicher une offerte à Saint-Exupéry par sa grande amie, Sylvia Hamilton, à New York, quelques mois avant sa mort, en échange du manuscrit original du *Petit Prince*... on découvre que cette fameuse gourmette n'était pas en argent... mais en or ! Badadoum ! Pas grave, on finit par bricoler l'hypothèse boiteuse d'un cadeau de Consuelo, ou de son éditeur, à Antoine, dont personne n'a jamais eu la preuve. Tiens donc, Saint-Exupéry aurait porté deux gourmettes ? Une de chaque amoureuse ! Je ne suis peut-être pas très maligne, mais si on réfléchit un minimum, il est évident que le morceau d'argent rouillé repêché par Jean-Claude Bianco est un faux ! Ça a d'ailleurs été la réaction unanime de tous les journaux de l'époque, le pêcheur a été traité de faussaire, avec procès, perdu par lui, à la clé !

Oko coupe le moteur face à l'île de Riou. La mer est incroyablement claire. On croirait presque en voir le fond.

— C'est vrai, Andie... Au début, personne n'a cru à cette gourmette. Et pour en avoir le cœur net, des plongeurs ont effectué des recherches à l'endroit où elle a été trouvée. Exactement là où nous nous situons. En mai 2000, ils découvrent la carlingue d'un avion de chasse. Après avoir pris le temps de repêcher les débris, puis de les expertiser, la réponse définitive tombe en septembre 2003. Le matricule déchiffré sur l'une des pièces, 2734L, correspond à celui de l'avion de Saint-Exupéry. Les reliques sont exposées au musée aéronautique du Bourget. Fin du mystère ! Fin de la polémique ! Saint-Exupéry est mort ici.

Andie baisse les yeux vers l'eau et éclate de rire, comme si les étoiles de mer s'étaient d'un coup transformées en grelots.

— Ça c'est le pompon de toute cette manipulation ! La gourmette, à laquelle personne ne croyait, devient authentique uniquement parce qu'on a découvert une carcasse d'avion à proximité ! Et cette carcasse d'avion est forcément celle de Saint-Exupéry, puisqu'elle a coulé pile là où l'on a repêché la gourmette ! Sauf que vous oubliez de préciser que dans un premier temps, sous nos pieds, c'est un moteur d'avion allemand qu'on a sorti de l'eau. Puis des pièces d'avion américain. Mélangées ! Dans toute l'immensité de la Méditerranée, deux avions se seraient écrasés exactement au même endroit ? Et tout le monde a accepté ça ! Croyez au hasard si vous voulez, mais moi, quand les coïncidences s'accumulent, je préfère penser que les indices ont été soigneusement semés par un mystérieux Petit Poucet.

J'observe le match entre Oko et Andie, fasciné.

— Il n'y a pas que des preuves matérielles, vous le savez, Andie. Un pilote allemand, Horst Rippert, a affirmé avoir abattu un avion américain, le 31 juillet, près de Marseille, et être persuadé qu'il s'agissait de Saint-Exupéry.

— Et le gentil Horst ne l'a avoué que soixante ans après la guerre, alors qu'il avait quatre-vingt-dix ans ! Une fois que la fameuse épave a été découverte... Et il a même ajouté qu'il était un lecteur passionné des livres de Saint-Exupéry, avant la Seconde Guerre mondiale, et que jamais il ne pourrait se pardonner d'avoir abattu son auteur favori ! Croyez-le si vous voulez, moi je refuse de prendre au sérieux un témoignage aussi farfelu, d'un type qui prétend aussi avoir reçu des décorations de guerre allemandes dont personne n'a jamais eu la preuve, qui comme par hasard, le 31 juillet 1944, volait seul, et dont le fait d'armes, abattre ce bombardier américain, n'a été consigné nulle part. Et d'ailleurs, même si ce Horst Rippert était sincère, rien ne prouve que sa cible ait été l'avion de Saint-Exupéry ! Ce 31 juillet 1944, au moins trois autres pilotes allemands ont certifié avoir abattu des P-38 américains dans le sud de la France, de Castellane à Monte-Carlo. Impossibles à identifier. Des tas de chercheurs ont essayé... Aucune archive militaire ne permet d'établir la vérité !

Oko se tourne vers l'île de Riou.

— Par contre, des témoins dignes de foi, des pêcheurs de l'île, affirment avoir découvert, à la fin de la guerre, le corps d'un aviateur, emmailloté dans son parachute. Aucune trace du corps, même si en 1965, on a retrouvé un squelette enseveli sous des pierres, sur l'île de Riou.

— Qui sera identifié des années plus tard comme un pilote de guerre allemand. Et le squelette était celui d'un homme de moins de trente-cinq ans... Saint-Exupéry en avait quarante-quatre !

Oko sourit.

— Bravo, Andie ! Vous avez superbement travaillé votre dossier. Toute cette affaire est née de l'incroyable découverte de la fameuse gourmette. Mais si je vous suis, s'il s'agit d'un coup monté, ou d'un canular, quel intérêt aurait eu ce pêcheur marseillais à l'organiser ? Personne n'a jamais pu mettre en doute sa bonne foi. Il a même été décoré de la Légion d'honneur.

— Oh, je suis certaine que ce brave capitaine était sincère. Mais il n'était pas tout seul sur son bateau ! Il a suffi qu'un des membres de son équipage dépose discrètement la gourmette dans le filet de pêche, et hop, le tour est joué ! Faire couler un morceau de tôle d'avion au fond de la mer n'est pas, non plus, bien difficile.

— Pour quelle raison monter une telle arnaque ?

— Hou là, vous le savez aussi bien que moi, monsieur le milliardaire, les raisons ne manquent pas... Réécrire l'histoire. Protéger un secret. Dissimuler la vérité. Détourner les recherches... Par exemple, une question étrange n'a jamais trouvé de réponse : que pouvait bien fabriquer Saint-Exupéry au large de Marseille ? La ligne droite de sa mission, de la Corse à Grenoble, passe par Nice, voire par Saint-Raphaël... Marseille est à près de deux cents kilomètres. D'ailleurs, la mère de Saint-Ex, Marie, est persuadée d'avoir entendu son fils survoler le château d'Agay, le jour de sa disparition. Autre question non résolue : on n'a jamais retrouvé le cadavre de Saint-Exupéry ! Une gourmette mais aucun squelette ! Alors même si ce foutu bijou était bien celui de Saint-Exupéry, ce que je ne crois pas une seconde, et même s'il l'avait porté au poignet lors de son dernier vol, bien que personne ne s'en souvienne, ça ne prouve pas pour autant que Saint-Ex soit mort noyé ici au fond de l'eau ! Un autre soldat allemand, Karl Böhm, chargé des secours militaires en Méditerranée pendant la guerre, a affirmé peu avant sa mort avoir recueilli en mer un pilote blessé à la jambe qui prétendait être un écrivain célèbre ! L'écrivain prisonnier aurait demandé à ce qu'on jette par-dessus bord tout document, carte ou papier pouvant l'identifier, puis aurait été remis aux autorités allemandes pour être interrogé. A-t-il survécu ? A-t-il été libéré ? Nul ne sait. Encore un mystère... Encore un secret !

Oko paraît passionné. Surpris aussi. Autant par les informations délivrées par la petite stagiaire que par sa vivacité d'esprit.

— Un secret, Andie ? Quel secret ? À quoi pensez-vous ?

— À rien... Et à tout... Saint-Exupéry est-il mort au combat pour la France abattu par Horst Rippert au large de l'île de Riou ? S'est-il suicidé après avoir survolé une dernière fois la maison de sa mère ? A-t-il survécu et été fait prisonnier ? Ou existe-t-il une autre possibilité que personne n'a envisagée ? Tenez, à Borgo, en Corse, le soir d'avant sa dernière mission, Saint-Ex a effectué comme à son habitude quelques tours de magie pour ses amis, des tours de cartes, puis est parti vers minuit. Il n'a pas dormi à la base, il n'est réapparu que le matin, à 8 heures, pour monter dans son avion. Personne ne sait où il a passé sa dernière nuit. Par contre, tout le monde savait qu'il s'agissait de son dernier vol. Saint-Exupéry, trop âgé, allait être démobilisé le lendemain. Encore une coïncidence sacrément bizarre, non ? Être abattu le jour de sa dernière mission ! Il a laissé deux lettres en évidence sur la table de son bureau. La première pour sa maîtresse, Nelly de Vogüé, la grande rivale de sa femme Consuelo. C'est Nelly qui récupérera toutes les notes laissées par Saint-Exupéry dans ses valises, qui fera de lui un héros national et écrira sa légende posthume. Quand elle meurt en 2003, elle dépose toutes ses archives à la Bibliothèque nationale, avec ordre de ne les ouvrir que cinquante ans après sa mort... Encore un autre sacré mystère !

Andie reprend son souffle. Ses mains sont moites de sueur. Elle les éponge sur ses cheveux-hérisson. Je prends pour la première fois la parole, pressé de connaître la fin.

— Vous avez dit que Saint-Exupéry avait laissé deux lettres. À qui était destinée la seconde ?

— À Pierre Dalloz. Chef de maquis dans le Vercors. Savez-vous par quels mots elle se termine ?

Avant même que je réponde, Andie récite quatre phrases d'une voix claire.

Si je suis descendu, je ne regretterai absolument rien.
La termitière future m'épouvante.
Et je hais leur vertu de robots.
Moi j'étais fait pour être jardinier.

Les mots me frappent au cœur. À la fois sublimes et désespérés. Saint-Ex savait, savait forcément qu'ils étaient les derniers. Qui, après les avoir lus, pourrait le nier ?

Pendant nos échanges, Oko a soulevé le Plexiglas et pris le stylo entre ses mains.

— Vous avez parfaitement raison, Andie, dans la liste des objets personnels emportés par Saint-Exupéry lors de sa dernière mission, il n'est nullement fait mention d'une gourmette. Par contre, son stylo Parker 51, qu'il ne quittait jamais, est noté. J'ai commencé à faire appel à un certain nombre d'experts, de scientifiques, de bureaux d'études, qui avec des technologies sophistiquées affirment que...

Andie fixe incrédule le stylo, et soupire.

— Je hais leur vertu de robots !

VI

Le petit Oko court à toute vitesse dans la rue Mfoundi. L'orage vient de s'abattre sur Yaoundé. Une pluie terrible, plus violente que tout ce qu'Oko, du haut de ses six ans, a jamais connu. Les rues ne sont plus que des torrents de boue et les jambes nues d'Oko s'y enfoncent parfois jusqu'aux genoux. Les vendeurs des rues essayent de sauver leurs fruits, leurs paquets de cigarettes, leurs sacs d'épices, leurs poulets déplumés. Personne ne s'intéresse à ce petit garçon paniqué.

Oko est trempé. Il cherche des yeux un abri, mais n'en trouve pas. La case de ses parents est trop loin, vers Ntaba, au nord de la ville. Impossible de la rejoindre, le quartier du lac doit être envahi par les eaux. Oko a peur d'être emporté, comme les branches de palmiers, les vélos et les chiens.

— Viens.

Oko se retourne.

— Viens. Vite. Entre.

Une dame blanche se tient devant la porte d'une grande maison de pierre. C'est rare, les maisons de pierre à Yaoundé. C'est rare aussi, les dames blanches.

Oko entre.

Il fait frais dans la maison. Elle ressemble à un labyrinthe de salles et de couloirs. Tout y est silencieux. Des adultes, des enfants, presque tous blancs, marchent lentement, souriants, comme si l'orage dehors n'avait aucune importance.

— Bienvenue au Centre culturel français, dit la dame blanche. Je m'appelle Nathalie. Et toi ?

Oko trouve tout de suite Nathalie très gentille. Elle lui offre une serviette pour qu'il s'essuie, puis lui propose de rester à l'abri le temps que l'orage s'éloigne. Elle doit le laisser quelques minutes, parce qu'elle doit travailler, mais il peut s'installer sur une chaise dans le centre de documentation, je reviens, dit-elle, je reviens tout de suite, tu veux que je te choisisse un livre ?

Quand Nathalie revient, Oko est toujours plongé dans le livre. Elle le regarde de loin. Il passe un temps infini sur chaque page, fasciné, comme si c'était la première fois qu'il regardait des images. C'est peut-être vraiment la première fois. Elle devine les dessins qui défilent dans sa tête, une planète, un vol d'oiseaux sauvages, un baobab, un ciel étoilé sur le désert. Qu'est-ce que ce petit garçon peut bien imaginer ?

— Tu veux que je te lise l'histoire ?

Oko ouvre de grands yeux et secoue timidement la tête.

Nathalie s'assoit à côté de lui.

Lorsque j'avais six ans j'ai vu, une fois,
une magnifique image, dans un livre sur la forêt vierge
qui s'appelait « Histoires vécues ».
Ça représentait un serpent boa qui avalait un fauve.

Quand Nathalie a terminé la lecture du *Petit Prince*, l'orage s'est éloigné. Nathalie referme le livre, ouvre la porte.

— Madame...

— Appelle-moi Nathalie, mon petit, je t'en prie...

— Mad... Nath... Je pourrai revenir ?

— Bien entendu, Oko, l'institut est ouvert à tous les enfants.

— Je... Je voudrais apprendre à lire.

Oko est souvent revenu.

— Il existe plus de trois cents langues au Cameroun, a expliqué Nathalie, le français, l'anglais, mais aussi le pidgin, le fulfulde, le bakoko... Presque autant de langues que dans le monde entier ! Grâce à ce livre, tu pourras toutes les apprendre. C'est un livre traduit dans toutes les langues de la planète, même dans les dialectes les plus rares.

Oko a d'abord appris à lire *Le Petit Prince* en français. Puis en anglais. Puis en bambara, la langue des Maliens, parce qu'il aimait bien que le Petit Prince ait la peau noire sur la couverture. Puis en espagnol. En portugais. En chinois.

Parmi tous les personnages du *Petit Prince*, c'est le businessman qui fascine le plus Oko. Posséder les étoiles, quelle idée géniale ! Lui ne possède rien, alors il ne cesse de penser à ce qu'affirme le businessman :

Quand tu trouves un diamant qui n'est à personne,
il est à toi. Quand tu trouves une île qui n'est à personne,
elle est à toi. Quand tu as une idée le premier,
tu la fais breveter : elle est à toi.

Oko est un bon élève. Il ne possède rien, mais il travaille assez bien pour que le gouvernement camerounais lui offre une bourse. Il entre à l'université. De Yaoundé d'abord. Puis à Sciences Po Bordeaux.

Oko n'a pas trente ans quand il fonde sa première entreprise. Puisque le businessman du *Petit Prince* possède déjà les étoiles, et les grandes multinationales françaises, anglaises et américaines, le pétrole, l'uranium, les diamants, la bauxite, le nickel, il a l'idée de posséder ce qui est invisible : les frontières. Celles entre les pays, les régions, les fleuves, la mer. Il se rend compte que les gens sont prêts à payer beaucoup d'argent pour les traverser. Alors il construit des ponts, des routes, des ports, des gares, des trains, des bateaux, des avions, et il gagne énormément d'argent. Il habite une grande maison avec une piscine à Yaoundé et en achète d'autres en France puis ailleurs dans le monde quand il en a assez de côtoyer la misère de son pays.

Il porte de beaux habits, roule dans de belles voitures, mais jamais il n'oublie le petit Oko aux pieds nus. Il lit presque chaque jour *Le Petit Prince*. Il repasse dès qu'il le peut au Centre culturel français de Yaoundé. Nathalie est devenue une vieille dame. Sur ses conseils, il crée une fondation. Il donne de l'argent. Beaucoup. Une goutte d'eau de son immense fortune. Une goutte d'eau face à la misère du monde.

Lors de ses nombreux voyages, il collectionne les traductions du *Petit Prince*, il en possède cent quatre-vingt-quinze, presque toutes celles qui existent, même si c'est encore moins que le nombre de langues au Cameroun. Des enquêteurs recherchent pour lui aux quatre coins de la terre des éditions uniques. Certains exemplaires en langues rares, comme le dzongkha tibétain ou le shipibo-conibo amazonien, lui coûtent très cher, plus que pour apporter l'eau ou l'électricité dans les villages où il trouve ces livres précieux.

Oko a quarante ans lorsque le géographe le contacte. Ce n'est pas son personnage préféré dans *Le Petit Prince*, mais il aime bien son idée : créer un club des plus grands admirateurs du livre. Un club international. Le Club 612. Un club qui ne se contente pas de collectionner les éditions ou de monter des expositions. Non, tout le contraire. Un club secret. Entre quelques initiés. Un club réservé à ceux qui ont su lire entre les lignes. À ceux qui entrevoient la véritable signification du *Petit Prince*. Qui acceptent de consacrer leur vie à percer son secret. À répondre à l'ultime et sublime question que pose cette fable...

Oko se lève tout en tenant ses vertèbres endolories. Depuis quelques jours, il aime se perdre dans ses pensées. Le petit Oko aux pieds nus est presque devenu un inconnu. Comme un petit-fils qu'il n'a pas eu, qu'il devrait apprivoiser. C'était il y a plus de soixante ans. Nathalie est enterrée depuis longtemps dans le cimetière de Mvolyé.

Le *Diamant des Îles* tangue doucement. Oko fixe la cambuse face à lui et visualise dans sa tête la boîte rectangulaire et la seule indication de l'expéditeur.

Club 612.

Est-ce le bon moment pour l'ouvrir ?

Non...

Il doit être prudent. Il est trop vieux, trop malade, trop fatigué pour continuer la quête. Il doit d'abord s'assurer que le flambeau sera transmis.

Oko marche en boitant et soulève la petite vitrine de Plexiglas. Il saisit le stylo Parker 51, puis retourne s'asseoir à la table. Il sourit en commençant à écrire les premiers noms sur la feuille de papier devant lui. Pour un stylo censé être resté soixante-quinze ans au fond de la mer, le Parker 51 écrit plutôt bien !

L'appât était tellement grossier. Cette petite maligne d'Andie ne tardera pas à découvrir la supercherie. Peu importe...

Il continue de dresser sa liste.

Marie-Swan, New York City, île de Manhattan, 5ᵉ Avenue, Empire State Building, 79ᵉ étage

Moïsès, île de Conchagüita, République du Salvador

Izar, Royaume Autonome d'Herminie, archipel des Orcades, Écosse

Hoshi, phare de Djeddah, Arabie saoudite

Le géographe...

Andie et Neven formeront un beau duo d'enquêteurs. Même si Neven ne le sait pas encore. Même s'il ne connaît rien de sa mission.

De son voyage.

Un vol d'oiseaux sauvages.

VII

Le *Diamant des Îles* clapote dans la calanque de Morgiou devant la digue formée de grosses pierres empilées. Andie s'est assise entre deux rochers, comme un lutin devant un terrier. Debout à côté de la petite détective rousse, je surveille les vagues qui viennent se briser à mes pieds. La crique est presque déserte, à l'exception d'un garçon à casquette qui fait admirer à la fille bronzée qu'il tient par la taille le cabriolet sport tout neuf qu'il vient de garer.

Aimer, ce n'est pas se regarder l'un l'autre,
c'est regarder ensemble dans la même direction.

Oko Dòlo se tient un mètre en retrait. Il tend à Andie une lettre.

— Voici votre feuille de route. L'étape suivante de votre enquête.

J'essaye de lire par-dessus l'épaule de la détective stagiaire. Oko a inscrit sur la feuille cinq noms et quatre adresses. Je ne parviens à déchiffrer que la première.

Marie-Swan, New York City, île de Manhattan...

L'étape suivante ? s'interroge Andie.

Le vieux Camerounais a coiffé son crâne chauve d'un chapeau de paille couleur blé. Il semble toujours autant souffrir de la chaleur.

— Je crois qu'il est temps de vous révéler pourquoi l'on a fait appel à moi, un vieux baobab échoué en Méditerranée, quand ce stylo Parker 51 a été découvert, et pourquoi j'ai fait appel à vous.

Il s'assoit sur un rocher, lourdement. J'ai l'impression qu'il ne pourra jamais se relever, transformé en statue de pierre à l'entrée du port de poche, façon Petite Sirène d'ébène.

— J'ai consacré ma vie, mon énergie et ma fortune au *Petit Prince*. Ce serait trop long à vous expliquer, mais ce conte a changé ma vie. J'ai partagé cette passion avec cinq autres fous. Aux quatre coins du monde.

Nous avons fondé un club, le Club 612, qui n'avait qu'un but, ou plutôt deux pour être précis, mais qui se confondent en un seul : résoudre le mystère de la mort de Saint-Exupéry, et de celle du Petit Prince.

Je manque de glisser sur les rochers mouillés.

— Le mystère de la mort du Petit Prince ?

— Oui, répond très sérieusement Oko. Le Petit Prince meurt à la fin du conte de Saint-Exupéry. Très étrange, ne trouvez-vous pas, pour un conte pour enfants ? Vous êtes-vous déjà demandé qui a tué le Petit Prince ? Avez-vous déjà remarqué à quel point les morts du Petit Prince et de Saint-Exupéry, à quelques mois d'intervalle, se ressemblent ?

Andie confirme.

— Ils disparaissent mystérieusement tous les deux, sans qu'on retrouve leurs corps...

Je réplique, pas totalement convaincu :

— Le Petit Prince meurt mordu par un serpent, non ? Saint-Exupéry est abattu par un pilote allemand.

Andie sourit.

— Vous n'avez jamais lu de roman policier ? Ça ne vous paraît pas un peu plus compliqué ? Pourquoi le serpent se traînait-il dans le désert ? Pourquoi le Petit Prince lui a-t-il parlé ? Pourquoi le Petit Prince prévient-il le lecteur ? *J'aurai l'air d'être mort et ce ne sera pas vrai.* Ça ne vous donne pas envie de chercher ce qui s'est vraiment passé ? Au-delà des apparences ?

Je répète bêtement sans comprendre.

— Au-delà des apparences ?

Andie cherche une confirmation dans le regard sage d'Oko, puis s'adresse à moi en faisant appel à mes souvenirs primaires.

— Monsieur le réparateur d'avions, vous avez dû lire *Le Petit Prince* dans votre enfance ? Au moins une fois ! Alors dites-moi, quelle est la phrase la plus célèbre du conte ?

— Heu... L'essentiel est invisible pour les yeux ?

— Tout juste... *ce qui est important, ça ne se voit pas*, ajoute même le Petit Prince avant de se faire mordre par le serpent, ce qui avec un peu de jugeote pourrait se traduire par « l'essentiel est dissimulé, la vérité n'est pas celle que l'on croit » ! D'ailleurs le conte commence par la démonstration qu'une évidence, le dessin d'un chapeau, peut en cacher une autre, un boa qui avale un éléphant. Saint-Ex nous enseigne d'entrée qu'il faut chercher au-delà des apparences.

— Je croyais que...

Andie ne me laisse pas finir.

— Dans *Le Petit Prince*, qui nous apprend que l'essentiel est invisible pour les yeux ?

Je réponds sans réfléchir.

— Le renard !

— Le renard évidemment. Mais à votre avis, monsieur le mécano, parmi tous les animaux de la nature, pourquoi Saint-Exupéry a-t-il été chercher un renard, plutôt qu'un lapin, un ours, un écureuil, un oiseau, ou même un chat ou un chien ?

Je n'en ai pas la moindre idée...

— Que représente le renard dans les contes pour enfants ? insiste Andie.

Ça je sais !

— Heu... il... il est rusé ?

— Eh oui ! Dans tous les contes, le renard représente la duperie. Il est le goupil menteur du *Roman de Renart*. Il est le flatteur des fables de La Fontaine. Il est celui à qui les naïfs font confiance. Du coup, si la morale d'un conte est expliquée par un renard, n'y a-t-il pas toutes les chances qu'elle contienne une tromperie ? Et Saint-Ex insiste ! Le second animal à qui le Petit Prince choisit de faire confiance est un serpent ! Un serpent à qui le Petit Prince demande *pourquoi parles-tu toujours par énigmes ?*.

Je cherche un argument à lui opposer, mais je n'en trouve pas. Andie ne m'en laisse d'ailleurs pas le temps.

— Des énigmes, toujours des énigmes ! Ce conte en fourmille. Sans oublier celles qui entourent la mort de Saint-Exupéry, ou les archives de sa maîtresse, Nelly de Vogüé, protégées pour encore plusieurs décennies à venir, ou les fameuses malles-cabines de sa femme Consuelo, qui contiennent tous les secrets personnels de Saint-Exupéry et que personne n'a ouvertes pendant plus de cinquante ans. Vous voulez d'autres mystères ? Que penser de cette lettre, que la mère de Saint-Ex recevra un an après la mort de l'aviateur, dans laquelle il écrit *je voulais vous rassurer, je vais très bien* ?

Andie peine à reprendre son souffle, elle lève un instant les yeux vers Oko, guettant sa réaction comme s'il était le président du jury de l'examen d'entrée à l'académie Saint-Exupéry. J'ai mille questions à poser sur ces malles-cabines, sur cette lettre reçue post mortem, sur... mais Andie est une nouvelle fois plus rapide.

— C'est le testament de Saint-Ex ! s'écrie-t-elle. C'est son testament caché. Le testament que personne n'a jamais retrouvé !

Son cœur semble s'affoler.

— Votre Club 612, Oko. Je veux en faire partie.

Andie baisse les yeux sur la feuille que lui a remise le milliardaire. Elle lit à nouveau le nom et l'adresse, *Marie-Swan, île de Manhattan.*

— Vous devrez partir tout de suite, se contente de répondre le Camerounais.

Qu'Oko, qui pourrait être le grand-père d'Andie, la vouvoie m'étonne un peu. Je m'éloigne d'un pas. Depuis quelques minutes, puisqu'ils n'ont plus besoin de moi, j'attends le moment opportun pour annoncer que je vais rentrer, que ma femme m'attend, qu'ils peuvent me recontacter s'ils ont encore besoin d'un spécialiste des carcasses de P-38 Lightning.

— Je suis prête, répond la détective stagiaire au milliardaire. On prend votre yacht ?

Oko sourit encore.

— Non.

Il désigne du regard un taxi garé sur le parking derrière eux.

— Un taxi pour New York ? s'étonne Andie.

— Il doit vous conduire à l'aéroport de Marignane. Un jet privé vous y attend. J'ai ouvert un compte à votre nom. Vous trouverez dans le cockpit du Falcon 900 des dollars, une carte de crédit, et dans les soutes toutes les archives du Club 612. Les miennes, du moins. À vous de collecter les autres. Je... (Oko paraît hésiter avant de continuer.) Je dois aussi vous prévenir que votre mission peut s'avérer dangereuse. J'ai reçu des menaces. Quelqu'un ne semble pas souhaiter que le testament de Saint-Exupéry soit révélé. Et j'ai toutes les raisons de penser qu'il s'agit d'une des cinq personnes de cette liste...

Aïe ! Les menaces d'Oko Dòlo tombent mal ! Je vais passer pour un lâche si je pars maintenant. Je recule encore de quelques pas pourtant.

— Où allez-vous, Neven ? s'étonne Oko.

— Eh bien, je vous laisse... Je... Je n'ai pas ma carte du club...

Oko me retient, sincèrement surpris.

— Vous n'avez pas compris ? Le jet privé, c'est vous qui le pilotez.

VIII

— Adieu !

J'allais raccrocher, après avoir longuement expliqué à Véronique cette étrange mission confiée par le milliardaire camerounais, quand elle conclut ainsi.

— Adieu !

C'est comme si un élastique tendu entre elle et moi venait de se rompre. J'hésite à lui faire répéter, elle prétend souvent que le langage est source de malentendus.

— Pourquoi adieu, ma chérie ? Je ne fais qu'un aller-retour, le temps de déposer ce détective à Manhattan, et je reviens ! Je suis là demain.

— Il y a quinze ans que tu n'as pas piloté.

Je n'ose pas dire « justement ». Que j'en ai envie et qu'Oko Dòlo l'a compris. Que réparer les avions est une passion par procuration. Bichonner les avions à quai, tout vérifier, dire OK, les regarder s'envoler, à peine le temps de rêver qu'un autre atterrit.

Je dis seulement :

— C'est très bien payé, ma chérie.

— Pourquoi toi ? Pourquoi ce Camerounais te propose cette mission, à toi ?

— Je ne sais pas.

C'est vrai, je ne sais pas.

— Et tu as accepté ?

Je pourrais lui rappeler une nouvelle fois la somme offerte par Oko Dòlo, la convertir en dollars, mais Véronique me connaît trop pour se contenter de cette explication de banquier. Elle me soulage en répondant à ma place.

— Quand le mystère est trop impressionnant, on n'ose pas désobéir.

Étrange réponse. J'ai l'impression que c'est une phrase tirée du *Petit Prince*, il faudra que je vérifie. Que je le relise. J'aurai le temps, plus de dix heures de vol.

Véronique tousse. Je suis surpris par l'absence de reproches. Je n'ose ni parler ni raccrocher.

— Ne traîne pas comme ça, c'est agaçant. Tu as décidé de partir. Va-t'en.

C'est elle qui coupe son téléphone.

Je crois qu'elle ne veut pas que je l'entende pleurer.

IX

— Vous savez piloter ça ?

Andie est assise à côté de moi dans le cockpit du Falcon 900.

— J'ai passé mon brevet de pilote, il y a quinze ans.

— Et vous avez revolé depuis ?

— Une fois ou deux...

Je mens. En vrai, jamais.

— Ça ne s'oublie pas ?

Je ne réponds pas, occupé à comprendre le fonctionnement du tableau de bord. Andie m'observe admirative, avant d'ajouter :

— Non, ça ne s'oublie pas. Les choses qu'on aime ne s'oublient pas. Parce qu'elles vous manquent. Pareil que les gens.

Le Falcon 900 vole maintenant dans le ciel, comme posé sur les nuages. Andie somnole. Elle m'a confié, finalement pas si admirative, que piloter a l'air de demander moins d'attention que de conduire sur une route de campagne droite et déserte. Je ne lui avoue pas qu'elle a raison.

— Une fois au-dessus de l'Atlantique, vous me lirez *Le Petit Prince* ?

— Si vous voulez... Tout le monde le relit, à un moment ou un autre de sa vie.

Elle ferme les yeux, bercée par l'avion.

Je me fais moqueur.

— N'oubliez pas que vous avez dix soutes d'archives à consulter !

— Plus tard.

Je n'ai pas envie de la laisser dormir.

— Vous avez passé toutes vos dernières nuits à réviser ? Bravo, vous avez même épaté Oko ! Après votre stage, la Fox Company va vous proposer du boulot.

— Réviser ?

Andie est soudain réveillée.

— Réviser ? Vous rigolez ! J'aime *Le Petit Prince* depuis que je suis toute petite. J'ai créé un blog qui lui est uniquement consacré. Je corresponds avec des fans du monde entier. Il n'y a pas dix personnes sur terre qui connaissent autant ce conte que moi, et voilà que pendant mon stage, un étrange milliardaire propose à la Fox une histoire de stylo Parker... Vous pensez bien que je n'ai laissé l'affaire à personne d'autre !

La coïncidence m'intrigue d'abord. Puis je l'oublie. Quand les coïncidences sont trop impressionnantes, on n'ose pas s'en méfier.

— Mademoiselle la doctoresse *ès* Saint-Ex, vous pourrez donc m'expliquer ce que nous allons faire à New York ?

— À votre service, monsieur l'aviateur. *Le Petit Prince* a été écrit à Manhattan, lors de l'exil de Saint-Exupéry, en 1943.

Le Falcon 900 file, immobile. Seuls les nuages sous lui paraissent bouger. On croirait presque pouvoir sortir pour se dégourdir les pieds dans le ciel de barbe à papa. Ce n'est qu'à la tombée de la nuit, au-dessus de l'Atlantique, que s'effiloche le lit de coton. Le vent semble avoir attendu l'apparition de l'étoile du Berger pour disperser les moutons.

Je me tourne vers Andie.

— Vous n'avez pas peur ?

— Pourquoi ? Je devrais ? Vous avez oublié de coller un *A* sur la carlingue de l'avion ?

— Je parlais des dernières paroles d'Oko Dòlo. Les menaces... Le testament de Saint-Exupéry qui ne doit pas être révélé.

— Au contraire ! C'est excitant, non ? Vous avez remarqué, nous devons rencontrer six personnes, les six membres du Club 612, et l'une d'elles est peut-être dangereuse, exactement comme le Petit Prince a visité six planètes avant d'arriver sur Terre : celle du roi, du vaniteux, du buveur, du businessman, de l'allumeur de réverbères et du géographe. Sauf que les planètes sont remplacées par des îles...

— Et que le Petit Prince ne voyage pas en jet privé mais tiré par des oiseaux sauvages.

Andie frappe des mains.

— Vous voyez, vous n'avez pas tout oublié ! À ce détail près qu'il n'utilise pas les oiseaux pour son dernier voyage. Celui qui le ramène de la Terre à son astéroïde...

Andie prend une voix claire et fluette, censée imiter celle du Petit Prince. *Tu comprends. C'est trop loin. Je ne peux pas emporter ce corps-là. C'est trop lourd.*

Avant que sa voix ne redevienne normale.

— Le Petit Prince va donc se faire mordre par le serpent...

Je rassemble mes souvenirs. Le Petit Prince s'ennuyait sur Terre, il voulait retrouver sa rose et sa planète. Andie continue de se confier.

— J'ai toujours pensé que le serpent ne se trouvait pas dans le désert par hasard. Que quelqu'un l'avait envoyé. Que quelqu'un lui avait demandé de mordre le Petit Prince.

— Qui ? Pourquoi ?

— Le Petit Prince avait peut-être vu quelque chose qu'il n'aurait pas dû voir sur l'une des six planètes qu'il a visitées ?

X

Le *Diamant des Îles* suit la ligne qu'Oko Dòlo a tracée sur la carte marine, de cap Morgiou à l'île de Riou. Seul sur son bateau, le milliardaire camerounais vérifie une dernière fois la direction, observe le rivage désertique quelques kilomètres devant lui, puis enclenche le pilote automatique.

Vitesse et trajectoire stabilisées.

Lentement, grimaçant en se tenant le dos, il se tourne et pose le carton rectangulaire sur le pont. Une dernière fois, il essaye de reconnaître l'écriture de l'expéditeur.

Club 612

Est-ce celle féminine de Marie-Swan ? Celle tourmentée de Moïsès ? Celle droite et rectiligne d'Izar ? Celle aux volutes orientales d'Hoshi ? Ou celle du géographe, dont il ignore tout ?

Aucune ne correspond.

Il soupèse encore la boîte, aussi légère que si elle était vide, passe son doigt dans les trois trous, ne sent rien, puis se décide à l'ouvrir. Il observe une dernière fois l'île de Riou qui se rapproche, il se demande si cette île, aussi sèche qu'une météorite, est aussi la dernière image qu'a emportée Saint-Exupéry avant de s'abîmer.

Oko ouvre le carton.

Aussitôt, le serpent libéré lui saute à la gorge.

Il n'y eut rien qu'un éclair jaune près de son cou.
Il demeura un instant immobile. Il ne cria pas.
Il tomba doucement comme tombe un marin.
Ça ne fit même pas de bruit, à cause des vagues.

Les amoureux qui s'embrassent sur la plage de Riou, les baigneurs qui s'éclaboussent, les enfants qui creusent et bâtissent, les flâneurs, les rêveurs, les lecteurs, les dormeurs, les surfeurs, tous eurent juste le temps de se pousser.

Ils crurent d'abord que le yacht se rapprochait trop vite, tel un motard chauffard dans une rue fréquentée ; puis qu'il allait freiner au dernier moment pour accoster, et provoquer un mini-tsunami. Comme le yacht ne ralentissait toujours pas, ils comprirent qu'il allait se crasher.

Ils plongèrent dans l'eau, escaladèrent des rochers, sautèrent à l'abri d'une crique voisine ou grimpèrent dans un pin maritime... bref tous se réfugièrent, hors de la trajectoire et de ses ricochets, quand le yacht explosa sur les rochers.

L'île de la vaniteuse

Elle ne voulait pas sortir toute fripée comme les coquelicots. Elle ne voulait apparaître que dans le plein rayonnement de sa beauté.

La vaniteuse, astéroïde 326

J'ai eu tort de vieillir. Voilà. J'étais si heureux dans l'enfance.

Pilote de guerre

XI

Depuis de longues heures, je survole l'Atlantique. Toujours aucune trace de l'Amérique. Seulement, sous mes yeux, des confettis d'îles. Observer, à trente-cinq mille pieds, cet archipel perdu dans l'océan me rend nerveux. Inexplicablement, car depuis mon départ de Marignane, j'ai piloté avec l'assurance d'un vétéran de l'Aéropostale.

Cette brusque angoisse au milieu du ciel, sans aucune raison apparente, m'intrigue. Heureusement, Andie n'a rien remarqué. Pour ne pas laisser cette inexplicable panique me gagner, j'interroge la détective apprentie.

— Parlez-moi du *Petit Prince* ! Pas du personnage, je veux dire. Du livre ! Pourquoi diable Saint-Exupéry est-il allé l'écrire à New York ?

Andie étire ses jambes dans le cockpit. Elle a beaucoup dormi. On dirait une petite fille qui prend son mal en patience sur le chemin des vacances. J'ai l'impression qu'elle va me demander de m'arrêter à la prochaine aire de repos pour sortir trottiner.

— Hou là... C'est une histoire étrange... Je vous la fais courte, il y a des piles de livres qui ont été écrits là-dessus. Saint-Exupéry se trouvait en exil à New York, depuis janvier 1941. Il était déprimé par l'indifférence des Américains face à la guerre en Europe, et désespéré par la division des Français, lui qui ne se rangeait dans aucun camp, mais cultivait une méfiance tenace envers de Gaulle. Saint-Exupéry errait dans Manhattan, entre les filles à aimer et les personnalités françaises à fréquenter, toute une petite communauté exilée, auteurs, acteurs, artistes... À l'époque, Saint-Exupéry, grâce au succès de ses romans aux États-Unis, est sans doute le Français le plus connu en Amérique du Nord. *Pilote de guerre* est même présenté outre-Atlantique comme la meilleure réponse des démocraties à *Mein Kampf*. Pour lutter contre le blues de son *French writer*, son éditeur américain, remarquant qu'il griffonnait un peu partout des dessins, lui propose d'écrire un conte pour enfants.

Je force mon regard à se détacher des dizaines d'îles que je survole.

— Rien d'étrange pour l'instant !

— J'y viens, monsieur l'impatient. Saint-Exupéry se met au boulot, en gros pendant l'année 1942, surtout l'été. Si son conte devait être édité en anglais, il l'écrit évidemment en français. Saint-Exupéry parlait très mal anglais. Mais au moment même où il rend son manuscrit, au début de l'année 43, il décide de repartir combattre pour la France en Afrique du Nord. Étonnant, non ? Pourquoi partir risquer sa vie comme pilote de guerre, alors qu'il joue à l'ambassadeur désabusé à New York depuis deux ans, et prendre cette décision juste avant la parution de son conte ? Le 6 avril 43, jour de la sortie américaine du *Little Prince*, Saint-Ex navigue sur un bateau américain pour l'Afrique du Nord, c'est du moins ce que raconte Pierre Chevrier dans la première biographie de Saint-Ex publiée quelques années après sa mort.

Andie marque un silence, comme si elle attendait une remarque de ma part.

— Pourquoi dites-vous « c'est du moins ce que raconte Pierre Chevrier ». Ce n'est pas vrai ?

— Personne ne sait ! Vous pensez bien que l'agenda de Saint-Ex a été épluché sous toutes les coutures depuis. La plupart des témoignages prétendent que Saint-Exupéry se serait embarqué pour l'Afrique quelques jours après le 6 avril, donc après la parution du *Little Prince*... Mais pourquoi alors n'a-t-il emporté avec lui aucun exemplaire en anglais ? Et pourquoi écrit-il à son éditeur, quelques semaines plus tard, du Maroc, qu'il ignore même si son *Little Prince* a été publié ? En réalité, étonnamment, le doute persiste.

— Il était fiable, ce Pierre Chevrier ?

— Tout dépend de ce que vous entendez par fiable. Pierre Chevrier, c'est un pseudo ! Sous le nom de ce Pierrot se cache Nelly de Vogüé, la maîtresse parisienne de Saint-Exupéry.

— Celle dont les archives demeureront secrètes jusqu'en 2053 ? OK, c'est plutôt louche... Mais on s'en fiche, non, de savoir si Saint-Ex est reparti à la guerre avant ou après que son livre a été publié ?

Andie paraît consternée.

— Vous ne comprenez pas ? Si le récit de Pierre Chevrier, enfin celui de sa maîtresse Nelly, est vrai, ça signifie que Saint-Exupéry n'a pas eu le temps de contrôler la version finale de son livre ! On sait qu'il a signé la page de garde de tous les premiers tirages américains, mais aucun *The Little Prince* ou *Le Petit Prince* n'a jamais été dédicacé par Saint-Exupéry, pas même à sa femme ou ses amis. Étrange, non ? Il n'a emporté en Afrique qu'une copie de la version originale en français. *Le Petit Prince* ne sera publié en France qu'en avril 1946, trois ans après l'édition américaine ! Presque deux ans après la mort de Saint-Exupéry !

Grâce à l'enthousiasme de ma petite copilote, j'oublie les îles sous la carlingue.

— Je ne comprends pas... Qu'est-ce que vous cherchez à me dire ?

Andie crie à en affoler toutes les boussoles du cockpit.

— Tout simplement que le livre le plus vendu au monde a été publié dans une version que son auteur n'a pas eu le temps de relire ! Le texte officiel du *Petit Prince* n'est pas forcément celui que Saint-Exupéry aurait choisi. Sur les manuscrits originaux, son écriture est presque illisible, Saint-Ex multiplie les ratures, les coupures... Le texte officiel qu'on connaît est le résultat de choix, de modifications, d'interprétations entre plusieurs versions... Exactement comme la Bible !

La Bible, rien que ça ?

Je calme le jeu.

— Le conte a été écrit en 1942, dis-je, pas en – 4 000 avant Jésus-Christ, et sur du papier, pas sur du papyrus ou des tablettes d'argile. Les feuillets originaux du *Petit Prince* doivent être plus faciles à déchiffrer que les manuscrits de la mer Morte.

Andie regarde l'horizon devant elle et sourit.

— Peut-être... À condition de savoir où chercher. Le seul manuscrit original connu du *Petit Prince* est exposé à New York, à la Morgan Library and Museum. Saint-Ex l'aurait offert, juste avant son départ pour l'Afrique, à une journaliste américaine, Sylvia Hamilton, sa maîtresse.

Je sursaute.

— Encore une ? Il en avait combien comme ça ?

Andie ne répond pas.

— Et cette copie du *Petit Prince* que Saint-Exupéry avait emportée avec lui en Afrique du Nord ?

— Aucune idée de ce qu'elle est devenue, avoue la détective. Nelly de Vogüé en a sans doute hérité. En Algérie, Saint-Ex la fera lire à quelques éditeurs, pour essayer de le faire publier. Quand les éditeurs refuseront, surpris qu'un écrivain aussi sérieux que Saint-Exupéry ait écrit un conte pour enfants aussi niais, il leur répondra par ces mots : *Sous les apparences d'un conte, il s'agit d'un testament seulement intelligible à quelques-uns. Un roman à clé, qu'il y a urgence à publier car moi seul en connais l'importance.*

Plutôt intrigants, non ?

Elle sourit mystérieusement tout en dépliant la feuille qu'Oko Dòlo lui a remise et la relit. Je demande avec une pointe d'ironie :

— Et cette Marie-Swan que nous devons rencontrer à Manhattan ? Encore une conquête de Saint-Ex ?

Andie rougit cette fois.

— Impossible. Ou elle aurait plus de cent ans aujourd'hui ! Mais Marie-Swan est peut-être liée à Marie-Sygne Claudel ?

— Encore un sacré prénom ! C'est qui, cette Marie-Cygne ?

— La petite-fille de l'écrivain Paul Claudel. Sygne s'écrit avec un S, car son grand-père trouvait qu'un cou de cygne ressemble plus à un S qu'à un C.

— Papy a raison. C'est incontestable. Et quel rapport avec Saint-Ex ?

— À son arrivée à New York, dès 1941, Saint-Exupéry va fréquemment venir dîner chez les Claudel. Il passera beaucoup de temps à jouer avec leur fille de quatre ans, Marie-Sygne... Pour elle, chaque soir, il inventera des histoires et griffonnera des dessins sur des morceaux de papier, un boa avalant un renard, une étoile... Quelques-uns de ces dessins ont été conservés. La petite Marie-Sygne, du haut de ses quatre ans, pourrait bien avoir inspiré le Petit Prince.

— Tout comme chaque enfant que Saint-Ex a croisé, dis-je histoire d'ajouter un peu de mystère.

Nous survolons toujours l'archipel, je reste étrangement inquiet, mais la conversation a masqué mon stress. Du moins je le crois.

— Pourquoi vous êtes nerveux comme ça ?

— Heu...

Andie insiste, la chipie.

— Pourquoi vous n'arrêtez pas de regarder en bas ?

Vaincu, confus, je désigne les îles au-dessous de nous.

— On passe au-dessus du triangle des Bermudes.

XII

Marie-Swan surveille son petit chien couché dans son panier. Avec ses poils frisés, on dirait un mouton. Un mouton noir. Assise dans son fauteuil roulant, elle se déplace lentement dans le salon. Elle se dirige vers la fenêtre de l'appartement et contemple Manhattan du haut du soixante-dix-neuvième étage. Désormais, elle met près d'une minute à parcourir les quatre-vingts mètres carrés de sa suite de l'Empire State Building. Marie-Swan aime s'asseoir ainsi dans son fauteuil pour observer les lumières de la ville. À se sentir géante au milieu des fourmis. Et plus que tout, quand tombe la nuit, elle aime voir apparaître son visage dans le reflet des fenêtres, comme s'il se confondait avec les étoiles et que toute la ville pouvait l'admirer.

Elle détaille un instant son reflet dans les grandes parois de verre, puis ôte le bibi mauve à voilette qu'elle porte sur sa tête.

Immédiatement, le chien se redresse dans son panier et aboie.

— Merci, Annibal.

Le regard de la vieille dame sur son fauteuil traverse la fenêtre, comme pour ne pas s'arrêter sur sa figure ridée. Elle reste longtemps ainsi à rêver, avant de poser à nouveau le chapeau sur sa tête.

Annibal aboie aussitôt.

Marie-Swan se tourne vers son petit chien.

— Tu m'admires vraiment beaucoup !

Annibal guette un sucre ou une caresse.

— Tu es bien le seul !

Elle se recule, délaisse la fenêtre et la ville tout en bas, étoilée tel un ciel inversé. Elle arrête son fauteuil face aux cadres accrochés aux murs de l'appartement.

Elle demeure un moment à admirer son aviateur. Son bel aviateur en noir et blanc, entouré de ses aquarelles en couleurs.

Son bel aviateur qui ne vieillit pas, dans son uniforme qui ne se ternit pas, son doux regard mélancolique qui ne guérit pas.

À côté de lui, elle a cinq ans.

Un peu plus loin, elle en a vingt. Lumineuse. Ambitieuse. Ensorceleuse.

Sur l'autre mur, elle en a quarante. Mariée. Admirée. Jalousée.

Près de la fenêtre, au-dessus du poêle, elle en a soixante. Élégante. Émouvante. Exigeante.

À travers la fenêtre, elle en a quatre-vingts.

Elle soulève son chapeau et le place sur le côté avec délicatesse. Annibal jappe.

Puis dans le reflet, elle se maquille, sa trousse posée sur ses genoux. Elle fait couler sur son cou quelques gouttes de *Vol de Nuit*, ce parfum épicé de Guerlain, un scandale à l'époque, que plus personne n'ose porter. Plus personne ne sait se maquiller. Plus personne ne sait s'habiller. Plus personne ne sait porter un chapeau.

Elle réajuste encore son bibi, la voilette grillageant ses paupières violettes.

— Ouaf, apprécie Annibal.

— Merci, Anni.

Elle jette un dernier regard à son pilote en uniforme, puis approche son fauteuil de la table. La boîte blanche et rectangulaire, qu'un coursier noir beau comme Sidney Poitier vient d'apporter, y est posée.

Marie-Swan James,
New York City, 5e Avenue,
Empire State Building, 79e étage

L'ouvrir ?

Elle hésite. Non, pas encore, elle attend de la visite.

Son regard se bloque sur le grand miroir accroché sur la porte, une habitude idiote, impossible de ne pas le consulter, qu'elle rentre, qu'elle reçoive ou qu'elle sorte.

Son bibi mauve jure terriblement avec sa robe indigo ! Elle le jette sur la moquette et roule vers sa chambre en essayer un autre.

Annibal aboie, d'accord avec son choix.

— Tu as raison, mon agnelet chéri, de toute cette fourmilière, je suis encore la plus jolie.

XIII

— Le triangle des Bermudes ?

Andie éclate d'un petit rire qui couvre un instant le bruit du réacteur du Falcon 900, puis elle reprend, moqueuse.

— Vous vous fichez de moi avec mes croyances petites-princières, mes mystères de l'astéroïde B 612, et vous, monsieur aviateur, vous avez peur du triangle des Bermudes !

Je bafouille, j'adore quand le rire de ma copilote carillonne.

— Mais...

Ses mots grelots continuent de tintinnabuler.

— Vous savez, Saint-Exupéry a survolé ce triangle des dizaines de fois et il ne lui est rien arrivé.

Je me sens dans la peau d'un vieux professeur. Son insouciance fait fondre l'étrange angoisse qui paralyse mes doigts. De la main, je désigne l'archipel qui commence à disparaître sous l'avion.

— Ce n'est pas qu'une légende... Des tas de navigateurs se sont perdus ici... N'ont plus jamais donné aucune trace de vie.

— Comme Saint-Ex ? Continuez ! Pour une fois que c'est vous qui me faites la leçon.

— Les Bermudes, ce sont entre cent et deux cents îles perdues au milieu de l'Atlantique, c'est l'atoll le plus éloigné de l'équateur, un immense plateau corallien où l'eau très peu profonde voisine avec des gouffres de plus de mille cinq cents mètres. Selon la marée, des îles apparaissent ou disparaissent, des récifs, des grottes, sans oublier les éruptions volcaniques et les lumières sous-marines, des roches parmi les plus magnétiques au monde qui affolent les boussoles.

— Bravo ! Vous êtes aussi calé que Saint-Ex en géo ! (Elle observe les Bermudes se réduire à des petites têtes d'épingle plantées dans un drap d'azur, puis fixe avec un sourire le tremblement de mes mains.) Heureusement qu'on ne risque rien en les survolant d'aussi haut !

— Méfiez-vous ! Dans le secteur, on signale tout autant d'avions que de bateaux disparus.

La simple évocation d'une disparition aérienne semble la faire réfléchir. Moi aussi, d'ailleurs. Je continue sur ma lancée, poussé par une curieuse association d'idées.

— En parlant de disparition, une question me chiffonne. D'accord, Saint-Exupéry est mort, abattu au-dessus de la Méditerranée, même si l'on n'a pas retrouvé son corps, mais quelles preuves a-t-on que le Petit Prince est bien mort ? Nous sommes censés être deux enquêteurs payés, très bien payés même, pour découvrir qui a tué le Petit Prince, mais de quelles certitudes dispose-t-on pour affirmer qu'il y a eu crime ? (Le regard admiratif d'Andie me pousse à poursuivre.) Dans mon souvenir, tout indique qu'il retourne gentiment sur sa planète retrouver sa rose. Qu'il se contente d'abandonner son écorce corporelle. Une sorte de téléportation...

Andie applaudit des deux mains, façon lapin mécanique.

— Encore bravo ! Vos souvenirs sont précis, monsieur le professeur. Beaucoup de lecteurs pensent comme vous, *Le Petit Prince* est un joli conte optimiste, le héros n'est pas mort, il retourne simplement faire du jardinage chez lui, sur son astéroïde.

— Et vous ?

— Je le pensais aussi, au début, je voyais le Petit Prince comme un ami bien vivant dans les étoiles, avec son mouton et sa rose, c'est l'impression joyeuse que laisse le récit lors d'une première lecture rapide... mais

Saint-Exupéry sème trop d'indices pour que le doute soit permis. Le Petit Prince est bien mort !

— Allez-y, inspectrice ! Prouvez-le-moi !

Andie fait mine de se concentrer, yeux plissés et corps roulé en boule sur son siège plus grand qu'elle.

— OK ! Voici les preuves ! Pour commencer, quand le Petit Prince arrive sur Terre, de façon très étrange, la première personne qu'il croise est le serpent. Et immédiatement, la douce comédie des six astéroïdes devient tragédie. *Celui que je touche*, affirme le serpent, *je le rends à la terre dont il est sorti.* La mort est annoncée de façon terrible et brutale. Un peu plus loin, lorsque le Petit Prince retourne voir les roses, il les prévient : *Vous êtes belles mais vous êtes vides. On ne peut pas mourir pour vous.* Ça sous-entend évidemment qu'il est prêt à mourir pour sa rose. Et qu'il le fera ! Quelques pages suivantes, il avoue à l'aviateur : *C'est bien d'avoir eu un ami, même si l'on va mourir*. Saint-Exupéry ne peut pas être plus clair.

— Mais je croyais que le Petit Prince avait dit ensuite quelque chose comme *J'aurai l'air d'être mort et ce ne sera pas vrai.*

— Oui... Le Petit Prince, le soir où il se fait mordre par le serpent, prévient son ami aviateur : *Cette nuit... ne viens pas... Tu auras de la peine.* Il ajoute même : *Tu comprends. C'est trop loin. Je ne peux pas emporter ce corps-là. C'est trop lourd*. J'admets, il dit *J'aurai l'air d'être mort et ce ne sera pas vrai*, mais ensuite, il se tait, parce qu'il pleure... et ensuite encore, il s'assoit parce qu'il a peur. Juste avant l'éclair jaune. Pourquoi pleurerait-il, ou aurait-il peur, s'il partait rejoindre sa rose et son astéroïde ? Je crois qu'il sait qu'il va mourir, que son corps va tomber dans le sable, mais pour rassurer son ami, il parle d'écorce à la place de cadavre, et d'étoile à la place de paradis.

Je remarque les larmes qui perlent au coin des yeux d'Andie. Je me rends compte seulement maintenant à quel point les disparitions de Saint-Exupéry et de son petit héros blond sont comparables. Pendant de longues minutes, je ne trouve rien à dire pour repousser le silence.

Nous continuons de survoler la mer vide... avant qu'enfin, les premières lumières du continent apparaissent. Des milliers de lumières. Le contraste avec le désert océanique est saisissant, comme si tous les Américains s'étaient rassemblés sur la côte est.

Andie sèche ses larmes, émue de découvrir l'Amérique.

— Les hommes occupent très peu de place sur la planète, dit-elle. Saint-Exupéry a écrit dans *Le Petit Prince* que si les milliards d'habitants qui peuplent la Terre se tenaient debout et un peu serrés, comme pour un meeting, ils logeraient aisément sur une place publique. Qu'on pourrait entasser l'humanité sur le moindre petit îlot du Pacifique.

J'ajoute, alors que je survole les premiers gratte-ciel :

— Ou sur Manhattan.

XIV

— Poussez-moi plus vite, enfin, dit Marie-Swan. Vous êtes pilote, oui ou non ?

Je conduis le fauteuil de la vieille femme dans les rues de Manhattan. Nous longeons Central Park. Les ormes géants qui bordent le trottoir paraissent nains dans l'ombre des buildings du trottoir d'en face. Andie trottine derrière. Dès que nous avons contacté la vieille New-Yorkaise, en prononçant le nom d'Oko Dòlo, Marie-Swan a sauté sur l'occasion pour nous faire découvrir la ville, poussée par un chauffeur obéissant. Elle chantonne *baby you can drive my car* tout en saluant les passants. Annibal, sur ses genoux, aboie chaque fois qu'elle soulève son bibi.

— Stop ! ordonne brusquement Marie-Swan.

On s'arrête devant le 240 Central Park South.

— Joli réflexe, gamin, concède Marie-Swan en levant le bras vers l'immeuble.

J'échange un regard complice avec Andie. La vieille dame n'est pas seulement d'une étonnante élégance. Elle a du cran et du caractère.

— C'est là, explique-t-elle, au vingt-septième étage, que Saint-Exupéry a loué un appartement pendant deux ans. Il y écrivit en grande partie *Le Petit Prince*. Je venais souvent le voir. On s'installait au balcon, pile au-dessus de Central Park, et on lançait des bombes à eau sur les passants. Ça, c'était avant l'été 42, avant que cette sorcière de Consuelo ne l'emmène au bord de la mer, à Long Island, dans son petit Versailles de Bevin House. Comme s'il ne pouvait pas écrire son conte ici ! Mais vous pouvez me croire, il est vite revenu.

Nous fixons tous l'immeuble marron, banal, couleur sale.

Marie-Swan frappe sur les poignées de son fauteuil.

— Allez, on ne s'endort pas ! En route, tout droit.

On se dirige vers l'Empire State Building. Sur le large trottoir, un joggeur torse nu nous croise, ruisselant et bodybuildé, courant à côté d'un boxer tenu en laisse. Marie-Swan siffle entre ses dents tout en ôtant son chapeau. Annibal aboie. Le boxer aussi. Seul le coureur ne se retourne pas.

— Les gens sont devenus si malpolis, commente Marie-Swan.

Un bon kilomètre encore, je bloque les roues au pied de l'Empire State. J'aperçois derrière la porte vitrée les dalles de marbre qui mènent aux ascenseurs dorés. Marie-Swan se tord le cou.

— C'est là ! C'est mon appartement ! Avec Antoine, on s'amusait à envoyer des avions en papier du haut des fenêtres. Des avions qui partaient en vrille, trois loopings et hop, crash dans le caniveau... Comme Tonio ! Il était trop distrait pour être un pilote, vous ne trouvez pas ? Quelle idée de laisser un enfant piloter un avion !

Marie-Swan salue trois dames très chics qui sortent de l'Empire State. Trois *bonjour* ponctués par trois jappements de petits chiens.

Andie écoute la fin du concerto des caniches nains, avant de se placer devant la vieille femme.

— Vous avez vraiment connu Antoine de Saint-Exupéry ?

Marie-Swan sourit.

— Bien entendu, ma petite ! Qu'est-ce que tu crois ? Si Tonio a écrit, c'est grâce à moi ! Je vais même aller plus loin, le *Little Prince*, c'est moi !

Elle passe la main dans ses cheveux platine.

— La blondeur des blés, c'était moi ! Le rire comme des millions de grelots, c'était le mien ! Ses aquarelles, il les peignait pour moi. J'en ai encore quelques-unes.

Elle éclate d'un rire qui ressemble à une porte qui grince, qu'elle accompagne de trois coups de bague sur la poignée de métal.

— *Go, driver !* Direction Park Avenue.

Le long des avenues de Manhattan, Marie-Swan salue chaque personne qu'elle croise. Annibal aboie à chaque fois, surprenant les passants qui se retournent, mi-effrayés, mi-amusés. Marie-Swan toise Andie qui marche à ses côtés.

— Incroyable, non ? J'ai quatre fois votre âge et c'est sur moi que tous ces beaux garçons se retournent. Vous pourriez tout de même faire un effort vestimentaire, ma petite.

Cette fois, je suis plutôt d'accord avec miss Angry-Swan, même si j'adore la façon dont Andie rougit dans son survêtement orange et son écharpe à franges.

Nous marchons sur le trottoir de Madison Avenue, le long de boutiques de vêtements et de bijoux toutes plus luxueuses les unes que les autres. Les prix affolent Andie, Marie-Swan s'en moque.

— Ils me payent pour que je porte leurs fanfreluches !

Puis elle ajoute :

— Nous sommes arrivés.

Elle lève les yeux.

— Park Avenue. Dernière étape du *Little Prince Manhattan Tour*. C'est ici qu'habitait Sylvia Hamilton.

— Sa maîtresse ? demandé-je spontanément.

Marie-Swan fait semblant de ne pas entendre.

— Une amie chère de Saint-Exupéry. Jeune. Jolie. Elle ne parlait pas français et lui pas anglais, mais elle faisait traduire les pages du manuscrit du *Petit Prince* qu'il lui laissait au matin. Quand il passait la nuit chez elle. À écrire. À écrire toute la nuit ! C'est ici, pas à Bevin House, qu'il a tant écrit. La preuve, c'est à Sylvia Hamilton, et pas à Consuelo, que Saint-Exupéry a laissé, juste avant de partir pour Alger, le manuscrit original du *Petit Prince*. Ce manuscrit exposé à deux pas d'ici, à la Morgan Library and Museum.

Je demande naïvement :

— C'est donc cette Sylvia qui a inspiré à Saint-Exupéry *Le Petit Prince* ?

Angry-Swan abat sa bague sur mes doigts !

— Ne soyez pas impertinent, mon garçon ! Je vous l'ai dit, sa seule muse, c'était moi ! Tonio a peut-être écrit *Le Petit Prince* chez cette Sylvia, mais elle ne lui a pas soufflé une seule ligne... (Elle ajoute en caressant Annibal sur ses genoux :) À l'exception, dit-on, de son caniche Mocha qui ressemblait à un mouton !

Le regard de Marie-Swan se perd un instant dans la skyline des buildings qui longent l'Hudson, puis se retourne soudain sur Andie, comme si elle avait deviné le sourire ironique de la détective dans son dos.

— Vous ne me croyez pas, ma petite ? tance Marie-Swan. Que je prétende avoir été sa muse ça vous amuse ? Vous avez tout lu sur Saint-Exupéry, et puisque dans ces foutues biographies, personne ne parle de moi, vous ne me croyez pas ! Vous n'avez pas l'air si sotte, alors réfléchissez à une chose : tous ces soi-disant spécialistes oublient que Tonio était un enfant ! Il ne faisait aucune confiance aux grandes personnes, et surtout pas aux grandes personnes célèbres qu'il aimait fréquenter, et encore moins aux femmes qui partageaient ses nuits. Les grandes personnes ne comprennent jamais rien toutes seules. La preuve, Tonio écrivait le livre le plus important de toute l'histoire de la littérature et les adultes autour de lui prenaient cela pour de simples griffonnages. Des gribouillis. Personne n'a jamais compris que cela avait tellement d'importance ! Sauf moi, moi qui étais enfant, moi qui étais sa seule vraie amoureuse, moi qui jouais avec lui, moi qui le faisais rire...

Je calcule dans ma tête, et je devine qu'Andie fait de même. Swan ne pouvait pas avoir plus de cinq ans en 1943... Mais qui oserait demander son âge à une vieille dame ? Surtout à Swan ?

Derrière nous, à la terrasse d'un café, deux jeunes amoureux sont assis face à face et consultent leurs portables.

Aimer, c'est regarder ensemble
dans la même direction.

Marie-Swan continue à soliloquer, tout en levant les yeux vers les plus hauts étages de l'Empire State.

— Tonio était si joyeux quand il est arrivé à New York. Un enfant ! Un grand enfant. Toujours à rire, fumer, jouer, dessiner... Ce Français si célèbre, ce pilote de guerre, cet écrivain sérieux, n'était qu'un petit garçon perdu dans une trop grande ville et dans un monde en feu. À le voir si gai, tous, son éditeur, ses amis, ses femmes, toutes les grandes personnes l'ont poussé à écrire un conte de fées, un conte joyeux et gai, pour l'occuper, alors il a écrit *Le Petit Prince*, sauf que ce n'était pas un conte de fées. Parce que Tonio était redevenu triste. Il ne lançait plus d'avions et de bombes à eau du haut des fenêtres avec moi. Il voulait lancer de vraies bombes et piloter un avion de fer, il voulait retourner à la guerre.

— Pourquoi ? demande Andie. Pour mourir ?

Marie-Swan paraît étonnée par la question d'Andie.

— Mourir à la guerre ? Bien sûr que non ! Tonio était un grand enfant, vous ne l'avez toujours pas compris ? Et... et quand il est reparti combattre en Méditerranée, cet enfant... Cet enfant était déjà mort !

Andie crie presque.

— Comment le savez-vous ?

— C'est écrit, voyons. Vous ne savez pas lire ?

— Où ça ?

— Dans *Le Petit Prince,* ma petite. Voyons, c'est évident. Le Petit Prince, c'est Saint-Exupéry enfant. Et Saint-Exupéry l'a tué !

XV

Nous sommes assis dans le coin le plus calme du Café Arnold. Le soir tombe sur Central Park. Des dizaines de businessmen cravatés et de vaniteux viennent vider des bières, se montrer et se compter. Andie boit une gorgée de sa Guinness et se rapproche de moi pour que je l'entende dans le brouhaha.

— Et si cette vieille bique de Marie-Swan avait raison ? s'interroge-t-elle. Et si l'assassin du Petit Prince n'était pas l'un des six habitants des six planètes, pas plus que la rose, le renard ou le serpent, mais celui qu'aucun lecteur ne soupçonnait : le narrateur ! Donc l'aviateur ! Donc Saint-Exupéry ! Encore plus fort qu'Agatha Christie ! Le narrateur est le tueur, et comme c'est un récit d'autofiction, le tueur est aussi l'auteur.

Il tue son double-enfant à qui il vient de donner vie. Ça se tient. Ça se tient vraiment bien...

Andie note en énorme, sur une feuille blanche, de son écriture ronde.

C'est l'aviateur qui a tué le Petit Prince.

Je remarque la fine moustache de mousse sur les lèvres de la jeune détective, et j'hésite à y passer mon doigt pour l'essuyer. Je me retiens et observe la décoration vintage du café. Évidemment, Andie ne m'a pas emmené par hasard dans ce bar, devenu la cantine des exilés français pendant la Seconde Guerre mondiale : c'est précisément ici que l'éditeur Eugene Reynal et sa femme ont commandé à Saint-Exupéry un conte pour enfants.

Je bois à mon tour une rasade de bière noire. Je commence à savoir qu'il est impossible d'arrêter Andie quand elle poursuit une idée.

— On ne devait pas enquêter sur le Club 612 ?

Un vieux juke-box joue *La Vie en rose*. Andie continue comme si elle ne m'avait pas entendu.

— Même si elle m'agace, cette vieille pie toute flétrie, c'est elle qui a raison. Le Petit Prince et l'aviateur ne font qu'un ! Saint-Ex se parle à lui-même dans le silence du désert. Tenez, une preuve de plus. Une fois en Algérie, Saint-Ex va écrire de superbes lettres à une inconnue... Une jeune infirmière croisée entre Oran et Alger.

— Encore une nouvelle maîtresse ?

— Non, apparemment, celle-ci ne lui a pas cédé. Pour la convaincre, Saint-Ex signera ses lettres enflammées de visages du Petit Prince, un Petit Prince qu'il fait parler à sa place. Le Petit Prince, c'est bien lui !

Je regarde ma montre. Je dois appeler chez moi. J'ai du mal à calculer le décalage horaire, mais je sais que Véronique doit s'inquiéter. Andie n'a pas l'air pressée.

— L'enfance de Saint-Exupéry, c'est la clé. On ne doit surtout pas oublier que pendant cinquante ans, avant qu'on ne retrouve cette fichue gourmette au large de l'île de Riou, l'hypothèse admise par tous était que Saint-Ex s'était un peu écarté de son plan de vol pour passer au-dessus de la maison de sa mère. Pour survoler une dernière fois son enfance. Saluer une dernière fois Pique-la-lune, son surnom quand il était petit garçon, avant de disparaître... Les plus beaux souvenirs de Saint-Ex se trouvaient à Agay. C'est là qu'habitait sa sœur Didi. C'est là qu'il s'est marié avec Consuelo, dans le château... qui sera rasé par les Allemands. Ces traces de son passé furent rayées de la surface de la terre, bombardées par des adultes en guerre. Encore un hasard ?

Je vide ma Guinness, j'hésite à me lever, je dois téléphoner, mais Andie se penche sur son cartable et en extirpe une série de notes manuscrites.

— Voilà, c'est écrit ici. Vous allez comprendre, Neven.

Je n'ai pas le temps de lui dire que j'ai déjà compris.

— Saint-Ex a écrit ses plus belles lettres à sa mère, des lettres terriblement pessimistes, où il parlait et reparlait toujours de son enfance.

Avant même que je réponde, sa petite voix fluette déchiffre les mots de Saint-Ex.

La seule fontaine rafraîchissante,
je la trouve dans certains souvenirs d'enfance.

Ce monde des jeux que nous inventions me semblera toujours plus désespérément vrai que l'autre. Je ne suis pas sûr d'avoir vécu depuis.

— Alors ? Vous voyez ? Saint-Ex est bien un enfant perdu parmi les grandes personnes ! Savez-vous que le Petit Prince apparaît pour la première fois dans *Terre des hommes*, en 1939, sous les traits d'un enfant endormi dans les bras de ses parents, des ouvriers polonais qui voyagent avec Saint-Ex dans un train de troisième classe, et il s'émeut de ce *petit prince de légende,* de ce *Mozart enfant qui sera marqué comme les autres par la machine à emboutir*. L'enfance assassinée. Encore une fois ! Neven, savez-vous qui était le plus grand fan du *Petit Prince* ?

— Ben, heu... vous !

— Ne soyez pas bête ! Quelqu'un de connu, ici, aux États-Unis, dans les années qui ont suivi la sortie du livre.

— Heu...

— Un éternel adolescent, foudroyé lui aussi avant l'âge adulte ?

— Ben...

Elle vide sa Guinness d'une traite.

— James Dean ! James Dean était fan absolu, et voulait incarner le Petit Prince, il avait douze ans à la sortie du livre, et va mourir à vingt-quatre, avant d'avoir réalisé son rêve ! Le Petit Prince, c'est le syndrome de Peter Pan ! Le Neverland de Michael Jackson... À l'enterrement du chanteur, ses amis en ont lu un extrait.

Andie n'a toujours pas l'air pressée. Je redoute qu'elle commande une autre bière. J'essaye de poser une question intelligente à laquelle elle puisse répondre rapidement.

— Saint-Exupéry n'a jamais eu d'enfants ?

— Non... mais il en désirait... Il en parlait, du moins dans certaines lettres.

— OK, je résume donc. On tient le mobile. Un meurtre symbolique. Saint-Exupéry a tué l'enfant en lui.

Andie réfléchit. Silencieusement d'abord, puis à voix haute ensuite.

— Il rend son manuscrit du *Petit Prince* au moment où il repart combattre, pour l'honneur de la France. Il part sans attendre sa parution. Comme s'il avait fait son choix. Abandonner l'enfant et accepter l'absurdité du monde adulte. La pire des absurdités. Une guerre mondialisée. (Andie fait claquer sa pinte vide contre la table.) C'est parfaitement logique, le Petit Prince meurt pour laisser survivre l'aviateur, seul face à son devoir de grande personne. Le premier réflexe du Petit Prince avant de se faire mordre par le serpent est de protéger Saint-Ex, *les serpents n'ont plus de venin pour la seconde morsure*, ce qui sous-entend, l'un doit mourir pour libérer l'autre. Je tue le Petit Prince en moi, et je pars à la guerre !

Je l'écoute, ému. J'observe dans le Café Arnold les dizaines de businessmen cravatés et de vaniteux qui ont eux aussi tué les Petits Princes en eux pour partir à la guerre. L'ai-je tué moi aussi ? L'ai-je seulement...

Andie se lève en me bousculant, faisant valser mes réflexions.

— Allez ouste, dodo. Demain on se lève tôt !

— Mais on n'a rendez-vous avec Marie-Swan que dans l'après-midi ?

Une ruse de la vieille dame ! À la fin de la balade dans Manhattan, quand nous avons commencé à la questionner sur Oko Dòlo, à lui parler des menaces, Marie-Swan nous a répondu qu'elle était fatiguée... mais que si l'on repassait demain après le déjeuner, elle nous dirait tout sur le Club 612.

À condition de la promener !

J'ai piloté toute la nuit. Je vais recommencer demain après-midi. Je mérite bien ma grasse matinée...

— On se lève tôt, répète Andie. Obligé ! Demain matin, on va au musée !

XVI

De toute sa vie, jamais Marie-Swan n'a été aussi heureuse. Elle tient entre ses petits doigts le livre que ses parents viennent de lui offrir. Elle fait défiler les images colorées, elle adore surtout celles de la planète avec la rose et les baobabs. Elle a trop hâte de courir dans sa chambre pour le lire, car elle sait lire maintenant, elle a six ans depuis deux mois. Elle relit encore le titre sur la couverture, *The Little Prince*, puis elle sort la feuille qu'elle a glissée entre les pages. Elle admire la petite étoile dessinée à la plume par le grand monsieur français, et les mots qu'il a écrits à la main, pour elle, rien que pour elle.

Ça c'est l'étoile qu'habitait Marie-Swan avant sa naissance. Depuis que Marie-Swan en est partie, l'étoile s'est éteinte.

Elle serre le livre contre son cœur, tel le plus précieux des trésors. Elle se souvient.

Ce livre aussi, le grand monsieur français l'a écrit, pour elle, rien que pour elle, il lui a dit en la soulevant de ses très longs bras et en la faisant tourner comme un avion. Jamais papa ou maman ne font ça. Ce grand monsieur français, quand il vient dîner le soir, prend toujours du temps avec elle pour raconter une histoire, en faisant de grands gestes de la main, à la manière des personnages de dessins animés vu qu'elle ne comprend pas trois mots de français, et surtout il dessine, partout, sur tout, des petits bonhommes magiques aux cheveux blonds, comme elle. Tout décoiffés. Pas comme elle. Maman passe chaque matin trois heures à la peigner.

Maintenant, le grand monsieur français ne la regarde plus, il est à table avec les autres grandes personnes. Il discute de choses sérieuses qu'elle ne comprend pas, de la politique, de la guerre, il parle et il boit. Elle sait qu'il est célèbre, qu'il écrit des livres que lisent les grands. Elle voudrait qu'il se lève et vienne s'amuser avec elle. Elle voudrait oser lui demander. La prochaine fois, quand il reviendra, elle osera. Il vient souvent. La dernière fois, quand elle a poliment retiré son béret devant lui, il lui a dit qu'elle était jolie. Blonde comme les blés. Rieuse comme cinq cents millions d'étoiles. Mais ensuite, il est reparti discuter avec les grandes personnes. Oui, la prochaine fois, elle lui demandera. De lui raconter son livre. De lui expliquer ce qu'elle ne comprend pas. De lui dessiner de nouveaux dessins.

Il n'est jamais revenu.

Un jour, elle s'arme de courage et elle demande à maman pourquoi ils n'invitent plus le grand monsieur français, pourquoi elle ne l'a jamais revu depuis que ses parents lui ont acheté son livre. Maman s'accroupit à hauteur d'elle et la regarde avec des yeux sérieux.

— Il est parti à la guerre, mon bébé. Il ne reviendra plus. Plus jamais.

Marie-Swan a toute sa vie conservé son exemplaire du *Little Prince,* sans jamais perdre la dédicace de Saint-Exupéry qu'elle a glissée entre les pages. Dans sa chambre d'adolescente, sur la Sixième Avenue, face au musée d'Art moderne, elle a accroché un poster de James Dean. Aucun garçon ne sera jamais aussi beau que lui, mais la beauté ne compte pas. Seul compte l'esprit. Aucun garçon n'est à la hauteur de l'esprit de Saint-Exupéry. Elle tombe amoureuse de lui.

Elle collecte tous les documents, les livres, les lettres sur Saint-Exupéry. Elle devient l'une des meilleures spécialistes de son œuvre, même si elle est déçue quand elle apprend les prénoms de ses maîtresses, quand elle découvre un texte où Saint-Exupéry avoue qu'il ne voulait pas apprendre l'anglais, parce que ses gestes faisaient sourire les Américaines et qu'il ne voulait pas se priver de ce sourire. Elle est déçue quand elle comprend que Saint-Exupéry préférait le sourire des femmes à celui des petites filles.

À trente ans, Marie-Swan se marie à la chapelle Saint-Paul, juste en face des toutes nouvelles tours jumelles du World Trade Center, avec un riche industriel qui aime le bridge, le golf, la politique et les cravates. Marie-Swan dessine, s'exprime, tresse des rimes, des proses, compose, expose. Elle aime les compliments de ses amis, quand elle ôte avec élégance son chapeau en entrant dans une galerie. Elle aime les compliments de ses amants, quand elle ôte tous ses autres vêtements. Elle aime aussi son industriel de mari, elle le sait plus vieux qu'elle, plus pressé, plus stressé, elle l'aime à sa façon, elle trouve admirable sa façon d'être adulte, d'avoir arraché toutes les racines de son enfance, sans jamais piétiner la sienne. Mais avant tout, elle aime Saint-Exupéry, ce visiteur du soir qui la trouvait jolie, ce géant qui parlait une autre langue, elle pense que depuis qu'il est parti, son étoile s'est éteinte. Elle se persuade qu'il est vivant. Elle se persuade qu'il l'attend. Quelque part, sur une étoile qu'elle saura rallumer. Dans sa tête, Saint-Exupéry a toujours quarante ans, il ne vieillit pas mais les autres femmes de sa vie, oui, et Saint-Exupéry se lassait des femmes vieilles. Elle se persuade que son tour viendra. Parfois, elle travestit son nom, elle se fait appeler Marie-Star, plutôt que Marie-Swan. Elle relit souvent *Le Petit Prince* et la façon dont il décrit sa Rose, vaniteuse, ombrageuse, orgueilleuse. La rose dont il est amoureux. Elle fait tatouer ces mots sur son omoplate :

– *Que vous êtes belle !*
– *N'est-ce pas. Et je suis née en même temps que le soleil.*

Elle aime qu'un homme derrière elle dégrafe sa robe et découvre ces mots qui sont toute sa vie. Ému comme Saint-Exupéry l'était.

À cinquante ans, Marie-Swan est veuve depuis moins d'un an, quand Oko Dòlo la contacte. Un businessman, encore un, elle n'en sera donc jamais débarrassée ! Mais non, celui-ci, inexplicablement, est un très fin connaisseur du *Petit Prince*. Elle est tout de suite séduite par son idée de Club 612. Comme lui, elle a toujours été convaincue que Saint-Exupéry ne pouvait être parti sans avoir rédigé de testament. Que son livre contient un secret. Qu'elle peut le découvrir. Elle ignore ce qui motive cet Oko Dòlo, par contre elle connaît sa propre motivation. Elle veut retrouver Saint-Exupéry. Elle l'aime. Elle met ses relations au service du Club 612, ses informations, son entregent comme l'on dit maintenant. Oko est le financeur du Club 612, et elle en est la présidente.

C'était il y a si longtemps.

Marie-Swan fait rouler son fauteuil jusqu'à la table basse de son salon et observe encore la boîte rectangulaire aux trois trous.

Qui l'a envoyée ?

Oko ?

Par le même courrier que les deux enquêteurs français, la gamine insolente et le pilote crétin, ces deux nigauds qu'elle a baratinés ?

Annibal dort sur ses genoux. Elle n'a pas envie de le réveiller. Elle préfère se perdre dans ses souvenirs. Elle repense à ce soir de janvier 2005 où tout a basculé.

Toutes ces années, elle s'était persuadée que le Petit Prince avait été tué par Saint-Exupéry, pour devenir enfin adulte, pour pouvoir grandir, oh pas pour partir à la guerre comme tout le monde l'a cru si stupidement, pour partir à l'amour ! Pour pouvoir enfin aimer comme un homme aime une femme. Pour pouvoir aimer comme une grande personne. Pour l'aimer, elle, un jour.

Ce soir d'hiver-là, au New York City Opera, elle est allée voir la fameuse adaptation lyrique du roman de

Saint-Exupéry. Le Petit Prince y était interprété par un merveilleux enfant à la voix d'or, évidemment, mais pour la première fois, le rôle de la rose était aussi tenu par une enfant, une très jeune soprano au timbre de cristal.

Et ce soir-là, elle réalisa.

Elle avait soixante-cinq ans et elle comprenait enfin. Elle n'était pas tombée amoureuse de ce visiteur du soir, de ce géant, de cet écrivain savant, non, elle était tombée amoureuse de l'enfant en lui. Du Petit Prince. C'est lui qu'elle a cherché toute sa vie. Parce qu'il aimait l'enfant en elle. Une rose boudeuse, vaniteuse et capricieuse. Parce que maintenant que les hommes ne se retournaient plus sur elle, elle se sentait toujours aussi belle. Grâce à la petite fille en elle.

Marie-Swan avance son fauteuil jusqu'à la fenêtre et observe l'agitation de la Cinquième Avenue. Elle sourit. Elle a menti à ces deux étranges détectives venus de France. Saint-Exupéry n'a pas tué l'enfant en lui. Il est vivant, cet enfant.

S'il était mort, elle serait morte aussi.

XVII

— Ça va, ma chérie ?

— Tu me manques.

— Tu me manques aussi, Véronique...

— Tu fais quoi ?

— Je suis à l'hôtel.

— Avec ton détective ?

— Oui.

— Il est comment ton détective ?
— Il... Il boit de la bière...
— Il porte un chapeau mou et un blouson de cuir ?
— Oui... Un peu comme ça...
— Et une moustache ?
— Oui... Quand il boit de la bière...
— C'est beau New York ?
— C'est haut... Je t'emmènerai si tu veux... Maintenant, j'ai réappris à piloter.
— Je préfère que tu reviennes. Notre petite planète me suffit.
— Je reviens vite, promis... Je dois seulement faire une nouvelle escale, une autre petite étape. C'est... C'est très bien payé.
— Je ne manque de rien, tu le sais bien. Ici le vent souffle. L'herbe ne cesse de pousser. J'ai juste besoin d'un jardinier.
— Je reviens vite, ma Véronique. Le plus vite possible ! Je te le promets.

XVIII

Devant le prestigieux petit déjeuner américain du Ritz-Carlton New York, je bâille, fatigué.
— Vous avez mal dormi ? s'inquiète Andie.
Notre table surplombe Central Park. Le vent agite la terre des ormes.
— C'est chiant.
— Quoi, c'est chiant ? s'interroge Andie en étalant sa marmelade d'orange sur ses tartines grillées.

— Saint-Ex, c'est chiant ! J'ai essayé de lire *Citadelle* hier soir. Ses récits de guerre aussi. J'y ai passé une partie de la nuit. C'est chiant !

— Vraiment ?

— *Le Petit Prince*, c'est léger. Fin. Drôle. Mais alors le reste... Ses métaphores sur Dieu, les hommes, la planète... On dirait un cours de philo mélangé à un sermon de curé.

Andie sourit. Elle se contente de se tourner vers le balcon en grignotant son bacon.

— Je suis certain que vous pensez comme moi, au fond !

Elle ne me répond pas.

— Saint-Ex était devenu un type chiant, non ? Égocentrique, menteur, crâneur. Comme si ce n'était pas lui qui avait écrit ce conte pour enfants !

Andie se redresse d'un coup.

— Qui alors ?

— Le Petit Prince ! Lui, Saint-Ex, mais avant d'être devenu un adulte ennuyeux. Avant que ce qui restait de l'enfant joyeux soit complètement mort en lui.

Elle réfléchit. Longuement. Puis elle dit :

— En route !

J'ai encore bâillé toute la route dans le taxi.

Andie m'a expliqué que grâce aux relations de Marie-Swan et d'Oko Dòlo, les conservateurs nous ouvriraient une salle spéciale pour consulter le manuscrit original.

J'ai bâillé devant le musée. Puis au guichet. Je ne me suis vraiment réveillé que lorsque nous sommes entrés dans la bibliothèque de la Morgan Library and Museum, entourés de quatre murs de livres, incroyablement hauts, des remparts de livres, un fort retranché de livres.

Avec Andie, nous écoutons à peine le guide parler de la collection de trois cent cinquante mille volumes, des pièces uniques, des bibles de Gutenberg, des partitions de Mozart ou de Beethoven, des illustrations de Van Gogh. Nous nous contentons de le suivre jusqu'au bunker VIP où nous attend le manuscrit offert par Saint-Exupéry à Sylvia Hamilton, le jour de son départ.

Andie, aussi fraîche qu'un trèfle lavé par la rosée, me glisse dans la main un exemplaire de poche du *Petit Prince*. Elle n'en a pris aucun pour elle, elle le connaît par cœur. J'ouvre le livre et je demande :

— On cherche quoi ?

— Seuls les enfants savent ce qu'ils cherchent...

Je lui tire la langue !

— Je plaisante, monsieur l'aviateur ! Nous devons jouer au jeu des sept différences, il faut trouver tout ce qui change entre la version française, publiée en 1946, que Saint-Exupéry n'a jamais vue, et le vrai livre qu'il aurait pu écrire s'il n'était pas parti à la guerre.

Chaque feuille du manuscrit est exposée, protégée par une plaque de verre. Des esquisses des dessins du Petit Prince et des pages de texte. L'écriture de Saint-Exupéry est presque illisible, souvent raturée, annotée de flèches, de mots dans la marge. Je dois me concentrer.

Raté !

Andie me donne un coup de coude.

— Oh, regardez, Neven. Vous vous souvenez, quand nous avons approché des côtes de l'Amérique du Nord, je vous ai rappelé cette phrase de Saint-Exupéry.

Si les deux milliards d'habitants qui peuplent la Terre se tenaient debout et un peu serrés, comme pour un meeting, ils logeraient aisément sur une place publique. On pourrait entasser l'humanité sur le moindre petit îlot du Pacifique.

Eh bien lisez la version originale !

Je déchiffre. Sur ce passage-là, Saint-Exupéry s'est davantage appliqué.

Si Manhattan était couvert de buildings de cinquante étages et si les hommes debout l'un à côté de l'autre remplissaient bien tous les étages de ces buildings, l'humanité entière pourrait se loger dans Manhattan.

— C'est tout de même étrange, explose Andie, follement excitée. Pourquoi avoir changé l'ensemble de ce passage ? Pourquoi avoir choisi de remplacer la référence à Manhattan par une île perdue dans l'océan ?

Je n'en ai aucune idée !

Je me doute qu'Andie note tout cela dans un coin de sa tête. Je m'attarde sur les illustrations. Elles sont infiniment plus tristes que celles de la version finale du conte. Le Petit Prince y apparaît souvent soucieux, en colère, échoué ou allongé dans un désert de dunes qui ressemblent à des vagues, ou tenant étonnamment son renard en laisse. Aucune esquisse de sa rose, aucune esquisse du serpent ou de la mort du Petit Prince... Pourquoi ?

Je retourne aux pages manuscrites. Au jeu des sept différences, je suis plus rapide, ou moins consciencieux qu'Andie. J'en suis déjà à la dernière feuille qu'elle n'en est pas à la moitié.

Soudain, j'ai beau comparer mon édition du *Petit Prince* et ce que je lis dans la vitrine, je n'en crois pas mes yeux.

— La fin, dis-je troublé en interpellant Andie. La fin n'est pas la même.

— Quoi ?

— Dans la version de Sylvia Hamilton, la fin est très différente de celle de la version éditée que nous connaissons. Écoutez, je vous lis.

Je suis hors jeu. Je n'ai jamais dit aux grandes personnes que je n'étais pas de leur milieu. Je leur ai caché que j'avais toujours cinq ou six ans au fond du cœur.

À mon tour, j'ai du mal à cacher mon excitation.

— C'est la preuve qui confirme toute votre démonstration, Andie. L'enfance comme le plus intime des secrets. L'enfance sacrifiée !

À ma plus grande surprise, et plus encore, à ma plus grande déception, Andie ne m'écoute pas.

Elle est occupée à lire une autre page !

Agacé, je m'approche. Je repère la page sur laquelle elle se concentre. Impossible de ne pas reconnaître le dessin du renard lors de sa rencontre avec le Petit Prince. Je lis par-dessus l'épaule d'Andie quelques-unes des phrases les plus célèbres du conte, celles qui lui donnent tout son sens.

Voici mon secret. Il est très simple : on ne voit bien qu'avec le cœur. L'essentiel est invisible pour les yeux.

C'est le temps que tu as perdu pour ta rose
qui fait ta rose si importante.
Tu deviens responsable pour toujours
de ce que tu as apprivoisé.

Andie se penche, le nez presque collé à la vitrine, sur des ratures que je ne parviens pas à déchiffrer. Je m'aperçois que des larmes coulent de ses yeux, qu'elle sanglote, qu'elle murmure.

— Ce n'est pas possible, ce n'est pas possible, on n'aurait rien compris. On se serait trompés depuis le début, on aurait tout inversé ?

Je tire la manche de son blouson, pour qu'elle m'explique, mais elle renifle une dernière fois et me dit :

— On y va, vite on y va, Marie-Swan nous attend.

Elle n'ajoute rien d'autre. Elle n'a pas envie de partager ce qu'elle a découvert dans le manuscrit original. Pas pour l'instant.

Elle est trop bouleversée pour que je la bouscule.

— Plus tard, conclut-elle. Plus tard, Neven. Marie-Swan nous attend.

Andie se trompe pourtant.

— Fox Company ? C'est Marie-Swan !

Le téléphone d'Andie a carillonné alors que nous étions installés sur un banc de Central Park, à compter les écureuils roux. Andie appuie sur le haut-parleur pour que je participe à la conversation.

— Je voulais... vous prévenir, fait la vieille dame, ce n'est pas... la peine... de venir.

— Quoi ?

La communication est hachée, comme si Marie-Swan se déplaçait dans un endroit clos. Une voiture, un avion, un bateau.

— Ce n'est... pas la peine de... se revoir, répète la vieille femme. Je vous ai... tout dit... hier... sur les trottoirs... de Manhattan. Et je me... suis... trompée !

Je lance des yeux stupéfaits à Andie. Ai-je bien entendu ? Elle me répond en haussant les épaules d'impuissance, avant de crier :

— Où êtes-vous, Marie-Swan ? On ne vous entend pas bien ! On se retrouve à Central Park comme prévu ?

La vieille femme, de son côté, paraît très bien entendre. Sa voix est de moins en moins saccadée, comme si elle s'approchait d'un lieu où les communications passent mieux.

— Non... Non, ma petite... Je vous ai emmenée sur une fausse piste. Tonio n'a pas tué l'enfant en lui. Je reviens sur ma déclaration... Saint-Ex n'a pas tué le Petit Prince. Ce n'est pas lui l'assassin.

Marie-Swan parle de la même façon qu'un témoin qui se rétracte devant deux flics dans un commissariat. Je n'en reviens pas ! Andie non plus.

— Vous plaisantez, Marie ! Tout concorde !

J'entends la vieille femme rire doucement.

— Forcément tout concorde. Mais vous croyez Tonio aussi stupide que ça ? Il faut se méfier des évidences, c'est ce qu'il nous enseigne. Comme tout roman policier, *Le Petit Prince* est truffé de fausses pistes... Tonio vous a tendu un piège et vous êtes tombée dedans !

Andie se fige, désarçonnée. Je devine qu'elle récapitule tous les indices dans sa tête. Les extraits du *Petit Prince*, les lettres de Saint-Ex, toutes ces références à son enfance...

— Ma petite, continue Marie-Swan, croyez-moi, Tonio n'a pas pu sacrifier l'enfant en lui. Impossible ! C'est écrit ! Il y a un indice majeur que vous avez laissé filer.

— Pourquoi ? Où ça ?

Andie s'est levée du banc, vexée. Marie-Swan lui répond très calmement, par une question.

— Quand il rencontre Saint-Ex dans le désert, qu'est-ce que le Petit Prince demande en premier ?

— Dessine-moi un mouton ! Évidemment... Mais...

— Ça ne vous rappelle rien ? coupe Marie-Swan.

Andie jette des coups de pied dans les graviers, énervée. À en crever l'œil d'un écureuil. Non, ça ne lui rappelle rien, ni à elle, ni à moi.

— Allez, allez, joue Marie-Swan, un homme qui doit sacrifier un enfant, son enfant... et un mouton !

Enfin je comprends ! Je n'en reviens pas. Je me lève, m'approche du téléphone et parle d'une voix essoufflée.

— Le mouton, c'est l'animal qu'on sacrifie ! Aussi bien chez les chrétiens, les juifs que les musulmans. (Je plonge dans mes souvenirs de catéchisme.) Parce que Dieu, ou Allah, demande à Abraham, ou Ibrahim, le père des hommes, de tuer son fils Isaac, et au dernier moment, il le remplace par un mouton. À la place de l'enfant, c'est un mouton, ou un agneau, qui est sacrifié.

— Bravo, l'aviateur, fait la voix moqueuse de Marie-Swan, vous êtes moins bête que je ne pensais.

Ce n'était pas bien difficile, pensé-je, tous ceux qui vont à la messe ou fêtent l'Aïd savent ça !

Andie, troublée, réfléchit à haute voix.

— Le mouton, dans *Le Petit Prince*, signifierait que Saint-Exupéry devait sacrifier son enfance, pour partir à la guerre... mais qu'il ne le fera pas ! Il n'osera pas. Quand le Petit Prince demande à l'aviateur de dessiner un mouton, il demande à l'adulte de ne pas le sacrifier ! D'envoyer un mouton à sa place sur l'astéroïde B 612 ! Un mouton qui vive longtemps, précise-t-il. Mais enfermé dans une caisse qui ressemble à un cercueil. Nom de Dieu, c'est évident, quand on y pense !

— Eh oui, ma petite, triomphe Marie-Swan.

Nous captons désormais parfaitement la communication, comme si elle était parvenue à destination.

— Qui ? demande alors Andie qui ne perd jamais le nord. Qui a tué le Petit Prince ?

La voix de la vieille femme paraît soudain fatiguée.

— Ce n'est pas à moi de vous le dire. Il y a d'autres témoins. D'autres témoins qui en savent plus que moi.

— Ce Moïsès ? demande Andie. Sur l'île de Conchagüita, au Salvador ? Le troisième membre de votre club sur la liste ?

— Peut-être... S'il est encore en vie... S'il est en état de vous parler... ce qui m'étonnerait !

Marie-Swan rit encore.

— Dites-m'en plus ! insiste Andie.

La vieille femme hésite, mais ne peut pas résister.

— Le vrai mobile, ma petite, pendant des années, je n'ai pas voulu me l'avouer. C'est le plus vieux du monde. C'est la passion, c'est l'amour, c'est la jalousie. (Elle marque un court silence avant de continuer.)

Relis le livre, ça crève les yeux. Le Petit Prince, c'est la rose qui l'a tué !

Puis elle ne dit plus rien.

J'entends juste dans le téléphone un chien aboyer.

☆

Marie-Swan raccroche. Elle est arrivée.

Elle vient de retirer son chapeau devant son reflet dans le miroir. Cette vieille femme laide en face d'elle la salue. Annibal la reconnaît et aboie une seconde fois.

Idiot !

La porte de l'ascenseur s'ouvre. Marie-Swan va enfin pouvoir tourner le dos à cette image insoutenable. Le vent, sur le toit de l'Empire State Building, souffle fort. Elle serre plus fort encore entre ses genoux la boîte rectangulaire. Si légère que si elle la lâchait, elle s'envolerait jusqu'à l'Hudson. Si légère que ses vieux bras fatigués peuvent la porter sans difficulté. Elle va l'ouvrir au bord du vide, pour s'offrir un dernier vertige. Pour regarder une dernière fois la ville d'en haut, comme au temps béni où elle lançait des avions en papier et des bombes à eau, du temps où elle était belle, où elle était la fiancée du Petit Prince, où elle était sa rose.

Marie-Swan bloque les freins du fauteuil à quelques centimètres du vide. Plus de trois cents mètres au-dessus de la Cinquième Avenue.

Elle soulève la boîte.

Qui a pu envoyer ce colis ?

Cet ivrogne de Moïsès ? Ce fou dangereux d'Izar ? Ce sage et lâche Hoshi ?

Enfin, elle va savoir qui est le traître.

Elle ouvre la boîte.

Avant même qu'elle ait le temps d'esquisser le moindre autre geste, le serpent jaillit.

Il n'y eut rien qu'un éclair jaune près de sa jambe.
Elle demeura un instant immobile. Elle ne cria pas.
Elle tomba doucement comme tombe une feuille à l'automne.
Ça ne fit même pas de bruit, à cause du vent.

Un premier passant sur la Cinquième Avenue leva les yeux vers le haut du gratte-ciel, un autre cria, plusieurs autres hurlèrent, des voitures pilèrent, des appareils photo crépitèrent. Ils crurent d'abord qu'un morceau de balcon, ou de toit, s'était détaché. Puis qu'un dingue avait balancé par sa fenêtre une table de chevet, un frigo ou une machine à laver. Avant de reconnaître la forme irréelle d'un fauteuil roulant qui, telle la chaise d'un extraterrestre infirme venu du fond de la galaxie, tombait en toupie... pour s'écraser au milieu de la rue.

L'île du buveur

L'eau peut aussi être bonne pour le cœur.

Le buveur, astéroïde 327

Difficile de se battre pour rien. Alors où irais-je respirer ?

Lettre au général X, 1943

XIX

Le Falcon 900 survole l'Amérique, plein sud, direction le Salvador ! Nous longeons la Floride. Je tente de distinguer, dans l'enfilade de villes et de plages, Palm Beach, Cap Canaveral, Miami, Key West... Sans y parvenir...

— Savez-vous, demande Andie, qui est le premier à avoir acheté les droits du *Petit Prince* pour le cinéma ?

Je suis concentré sur mon plan de vol.

— Vous allez me le dire !

— Orson Welles ! Une semaine à peine après la sortie du conte ! Il tombe amoureux du livre, achète les droits illico et fonce chez Walt Disney pour lui proposer de collaborer... Les deux plus grands génies d'Hollywood réunis. Mais deux génies, c'est un de trop... Walt et Orson ne s'entendent pas et le projet sera abandonné.

Je ne relève pas. À vrai dire, je ne sais plus trop qui est Orson Welles. Andie le devine sans le relever. Elle sort de sa poche la feuille de papier, dont elle raye consciencieusement un des mots.

C'est ~~l'aviateur~~ qui a tué le Petit Prince.

Pour le remplacer par un autre :

C'est la rose qui a tué le Petit Prince.

Le Falcon traverse le golfe du Mexique et approche de Cuba.

— Vous savez au moins qui est Che Guevara ? commente Andie.

Me prend-elle vraiment pour un abruti ?

— Lui aussi était fan du *Petit Prince* ?

— Exact, monsieur l'aviateur ! On raconte qu'il l'a dévoré d'une traite, enfermé dans les toilettes, au point que ses hommes s'en inquiètent. Quand il est ressorti, il aurait dit quelque chose comme « j'ai lu ce chef-d'œuvre en une seule merde » !

— Très délicat !

Je laisse passer un bref silence, le temps de méditer sur la poésie du Che, puis je me tourne vers Andie.

— Que va-t-on faire au Salvador ? C'est le plus petit pays d'Amérique ! (Je suis plus doué en géographie qu'en cinéma.) Il n'y a rien là-bas !

— Trouver ce Moïsès, sur l'île de Conchagüita. Il y a sûrement un lien avec Consuelo... La femme de Saint-Exupéry était originaire du Salvador, son petit oiseau des îles comme il la surnommait. D'après ce que j'ai vu, Conchagüita est l'une des trois îles du Salvador, toutes presque inhabitées. Des petits paradis dans le Pacifique qui devraient rapidement devenir très touristiques.

Même en géographie, Andie a une longueur d'avance sur moi ! Revenons à notre mouton ?

— Consuelo est la femme de Saint-Ex, c'est donc elle la rose ? Et par conséquent notre meurtrière ?

— Hou là, fait Andie, c'est une grande question ! Saint-Exupéry n'a jamais officiellement avoué qui était sa rose.

— Qui d'autre que Consuelo alors ? Une de ses maîtresses ? Vous me dressez la liste des suspectes potentielles ?

Andie sourit. J'aime de plus en plus ces moments où nous dissertons comme deux inspecteurs de police devant une pile de pièces à conviction.

— C'est parti, alors ! J'espère que le Salvador est encore loin car la liste est longue. Ces roses potentielles, on les connaît surtout par les lettres enflammées que Saint-Exupéry leur écrivait, sans qu'il soit toujours facile de deviner si elles étaient amies, amantes, ou simples confidentes. Surtout à New York, les derniers mois, où de nouvelles fleurs avaient tendance à pousser. Des roses presque toujours grandes, blondes, aristocratiques, dominatrices... tout le contraire de la petite Consuelo ! Vous êtes prêt ? Je vous dresse la liste des suspectes ?

Andie m'impressionne, elle ne consulte aucune note.

— C'est une série non exhaustive... Vous enregistrez ? Nadia Boulanger, une chef d'orchestre française qui le retrouve aux États-Unis, alors qu'elle dirige le philharmonique de New York, Annabella, une actrice rencontrée sur son lit d'hôpital à Los Angeles et qui le rejoindra jusqu'à Central Park, Natalie Paley, une mannequin, princesse russe excentrique au destin tragique, Louise de Vilmorin, son premier amour, sa fiancée pour qui il faillit renoncer à l'aviation, Yvonne de Lestrange, sa protectrice avant qu'il ne soit un écrivain reconnu, ou encore l'infirmière inconnue à qui il écrit de si beaux poèmes en Algérie... Sans oublier toutes les autres, les roses semblables comme il l'avoue à sa sœur Didi, *les Colette, les Paulette, les Suzy, les Daisy, les Gaby,* à qui il fait la cour *et qui sont faites en série. Des salles d'attente*, écrit-il.

— D'attente de quoi ?

Andie ne me répond pas. Elle réfléchit, puis continue.

— Mais parmi toutes les roses que je viens de vous citer, aucune n'a eu assez d'influence sur Tonio pour tenir le rôle de la rose unique. En dehors de Consuelo, il ne nous reste que deux suspectes potentielles. Nelly de Vogüé d'abord, sa maîtresse parisienne mariée à un riche industriel, sa plus fidèle alliée, qui le soutiendra toujours financièrement et artistiquement, qui ira jusqu'à le rejoindre à Alger en 1943 dans un avion américain, à qui il écrira une dernière lettre le jour de sa disparition, et laissera en héritage ses notes non publiées, *Citadelle* et tout le reste. Et, évidemment, Sylvia Hamilton, la jeune journaliste new-yorkaise, aimante et maternante...

— Celle qui hérita du fameux manuscrit ! Eh bé, ça compose un sacré bouquet de roses !

Andie observe ma réaction. Je me demande bien ce qu'une petite fille comme elle pense de cet homme qui écrivait les plus belles leçons de morale sur l'amour, la fidélité et la responsabilité... tout en collectionnant les femmes.

— Un bouquet de roses fanées, affirme Andie. Depuis des années ! Parce que pendant plus de cinquante ans, la question de la rose ne s'est pas posée, la question de la rose était réglée. La rose n'était aucune de ses conquêtes, même si Saint-Exupéry leur dessinait à toutes des Petits Princes mélancoliques, des étoiles filantes et des promesses bouleversantes. Saint-Ex aimait brouiller les pistes et broyer les cœurs. Les rendre tristes. Autant de jalouses... une longue liste.

Andie aussi m'embrouille.

— Si la rose n'est aucune de ses conquêtes, qui est-elle alors ?

— Sa mère !

Je manque d'en faire un looping au-dessus du Yucatán.

— Sa mère ? Celle qui a reçu un courrier de son fils un an après sa disparition... Celle qui n'a jamais cru à la mort de son fils ? Ah ! Racontez-moi ça !

— Saint-Exupéry était très attaché à sa mère, Marie, une femme humaniste, maternelle, très maternelle. Le père d'Antoine est mort d'une attaque cérébrale, alors que Tonio avait quatre ans. François, son petit frère, est mort à quinze ans, alors que Tonio en avait dix-sept. Marie ne s'est jamais remariée, Saint-Ex a été élevé par sa mère et ses trois sœurs.

Je perçois une émotion dans la voix d'Andie, une émotion qui m'agace.

— Je vois... Saint-Exupéry, le pauvre chéri, pas d'homme autour de lui quand il était petit... Comme tous les petits génies couvés par leur maman.

Ma réflexion arrache un sourire à Andie.

— Plus sérieusement, continue-t-elle, les psychanalystes qui se sont penchés sur le conte ont décrété sans hésiter que la rose, c'était sa mère. L'éléphant dans le ventre du boa, dès les premières pages du livre, c'est l'enfant dans le ventre de sa maman. Le Petit Prince est un enfant, il est présenté ainsi dans le livre, donc la rose ne peut être que sa mère...

— Cette théorie arrangeait bien la famille de Saint-Exupéry, non ?

— Exact !

— Sauf que nous, inspecteur Fox, ça ne nous arrange pas ! Si la rose est la mère du Petit Prince, elle ne peut pas l'avoir tué ! Une mère ne tue pas son fils !

J'apprécie le regard admiratif qu'Andie me lance. Nous survolons le sud du Mexique. On découvre au loin l'Amérique centrale, aussi fine qu'un cordon ombilical.

— Mais, inspecteur Le Faou, pas la peine d'extrapoler. Aujourd'hui, il n'y a plus aucun doute. La rose du Petit Prince, c'est Consuelo.

— Oh, oh, oh, pas si vite. Des preuves, chère collègue, il faut des preuves !

Andie fait mine de soupirer.

— Consuelo de Saint-Exupéry était une petite femme fragile et asthmatique... et la rose du Petit Prince ne cesse de tousser. Elle habite une minuscule planète avec des volcans qu'il faut ramoner, et Consuelo vient du Salvador, ce micro-pays volcanique. En 1934, Saint-Exupéry fait de sa femme un portrait qui ressemble de façon frappante au Petit Prince... Comme Consuelo, la rose est fantasque, capricieuse...

Je lâche une main des commandes et je la pose sur l'épaule d'Andie.

— Doucement, doucement. Si vous voulez que je vous suive, présentez-moi d'abord ce petit oiseau des îles.

Andie regarde au loin le fil rompu entre les deux continents : un lac, mille îles, et une entaille au couteau cisaillant le coude du Panama.

— Ah... Consuelo... La petite brune excentrique et sans manières, colérique et volubile avec son accent espagnol, cadrait mal dans le décor aristocratique de la famille de l'écrivain. Seule la mère de Saint-Exupéry lui offrira son amitié. Consuelo s'est fait oublier. Après la mort de Saint-Exupéry, elle s'est retrouvée presque ruinée, silencieuse, veuve pour la troisième fois. (Je dresse un sourcil à cette allusion, je n'oublie pas que nous cherchons une tueuse.) Elle aimait dire qu'elle passait sa vie à attendre son Tonio... et après sa mort aussi ! Elle a rangé tous leurs souvenirs dans de grandes malles-cabines, lettres, objets intimes, secrets, photos, qu'elle ne voudra jamais ouvrir, laissant la légende de Saint-Exupéry s'écrire sans elle. Elle meurt en 1979, presque dans l'indifférence de tous. Il faudra attendre vingt ans encore pour que l'histoire soit racontée différemment... En 2000, son secrétaire, qui a hérité de ses malles-cabines, décide de révéler au monde toutes les archives, ainsi que le journal de Consuelo, les *Mémoires de la rose*. Un récit troublant, émouvant...

— Fiable ?

— Qui peut savoir ? Les deux biographies les plus précises de Saint-Exupéry ont été rédigées par sa maîtresse et son épouse. On ne le connaît qu'à travers ce qu'en avouent les femmes qu'il a aimées, ou les lettres qu'il leur écrivait. Mensonges ? Fantasmes ? Masques ?

— Et les archives, dans ces fameuses malles-cabines ?

— Elles confirment que Consuelo est bien la rose ! Elles feront l'objet de plusieurs livres. Après les *Mémoires de la rose*, plus rien ne sera comme avant ! Terminé, l'image de boy-scout idéaliste que traînait Saint-Exupéry, de doux pacifiste, de conteur naïf, d'archange patriotique. Cassée, son auréole. Son testament, *Le Petit Prince*, est une œuvre poétique, contradictoire, noire. Et surtout, Tonio et Consuelo deviennent un couple à jamais inscrit dans la légende, des amants solaires, des amants lumière, qui s'aiment et se déchirent, s'enchaînent et se libèrent, s'unissent et se trahissent... Jusqu'à l'issue fatale. Consuelo aura attendu longtemps, mais elle a fini par gagner sa place au panthéon des muses.

J'adresse un clin d'œil à Andie.

— Une telle postérité, cela pourrait être un joli mobile pour un crime, non ?

Andie demeure pensive.

J'ajoute :

— À condition que Consuelo soit réellement la rose ! Car vos indices, l'asthme, les volcans, les caprices, c'est un peu léger, non ?

Cette fois, Andie réagit.

— Dans les malles-cabines, il y avait quelques preuves aussi. Des lettres surtout. Tonio écrit à Consuelo *tu sais que la rose, c'est toi. Peut-être n'ai-je pas toujours su te soigner, mais je t'ai toujours trouvée jolie.* Il avoue souvent qu'il se sent responsable de sa femme, comme le Petit Prince le dit de sa rose. Et surtout, Consuelo affirme que *Le Petit Prince* devait lui être dédicacé, avant que Saint-Exupéry ne change d'avis et ne le dédie à son ami juif qui a faim et froid, Léon Werth. Mais, raconte Consuelo, le jour de son départ pour l'Afrique, Saint-Exupéry lui a affirmé qu'il regrettait, et qu'il écrirait une suite du *Petit Prince*, sans faute, après la guerre, dédicacée pour elle.

— Une suite du *Petit Prince* ? C'est vrai ?

— Qui sait... Jamais Saint-Exupéry ne l'a affirmé publiquement. Jamais il n'a rendu officiellement hommage à sa rose. C'est sans doute le plus grand regret de Consuelo.

— Peut-être a-t-elle idéalisé les sentiments de Saint-Exupéry pour elle... et du Petit Prince pour sa rose ?

Andie confirme de la tête.

— Peut-être... Il existe un récit troublant, celui d'une Française expatriée en Algérie qui dînait souvent avec Saint-Exupéry dans les mois précédant sa mort. Elle se souvient d'un Saint-Ex racontant son livre publié aux États-Unis, évoquant un Petit Prince désabusé, un Petit Prince qui tombe amoureux de sa rose, sa rose unique, il n'y a qu'elle, il en est responsable, et voilà qu'il découvre d'autres roses, un champ entier, il y en a donc tant ? Tant d'autres ?

Je jubile.

— Et le Petit Prince abandonne sa rose pour découvrir d'autres roses, comme Saint-Exupéry délaisse sa femme pour d'autres femmes... Un peu de baratin sur le sentiment de culpabilité et de responsabilité, et l'affaire est pliée ! La rose délaissée est jalouse, elle écrit ses Mémoires pour se fabriquer un alibi posthume, mais elle ne peut pardonner...

Je réfléchis un instant. Nous passons au-dessus du Guatemala, une succession de petits volcans pointus paraissent attendre qu'on les survole pour nous cracher dessus. Je poursuis mon raisonnement.

— La rose n'a pas d'alibi. Elle peut avoir demandé au serpent de mordre le Petit Prince... Mais Saint-Exupéry, comment Consuelo l'aurait-elle tué ?

À son tour, Andie regarde sous l'avion les volcans du Guatemala.

— Elle ne l'a pas tué. Il a failli mourir ici. Elle l'a sauvé !

XX

Moïsès Kochav vide la bouteille de mezcal. Il aime boire face à la mer. Regarder les vagues en imaginant que c'est l'océan qui tangue, la terre entière, la galaxie, pas lui.

Il aime s'installer, le dos au palmier solitaire, un litre de mezcal ou de tequila entre les jambes. Et se souvenir.

Même si les grues derrière lui projettent des ombres de dragons, même si les squelettes de béton des futurs palais de verre confisquent le soleil, même si le mur construit entre le sable et l'horizon l'empêche de voir l'écume du monde qui chavire. Même si les ouvriers mexicains derrière lui marteau-piquent. Tant pis, il veut se souvenir. Se souvenir pour oublier sa honte.

Moïsès a treize ans quand le monsieur en costume blanc entre dans la classe. Ils sont plus de cinquante enfants par pièce dans la petite école de la Villa 31, le plus grand bidonville de Buenos Aires. Le monsieur parle en espagnol avec un accent étrange, il dit qu'il est français et qu'il cherche des enfants qui parlent le toba. Tous les enfants rient, aucun ne sait ce qu'est le toba. Une nouvelle danse ? Un serpent à plumes ? Une telenovela ? Moïsès se cache au fond de la classe, lui sait, mais il ne veut pas le dire, il ne veut pas que le monsieur le remarque. Comme s'il avait déjà deviné que c'était un piège.

Le monsieur explique aux enfants que le toba est une langue parlée par moins de cinquante mille personnes dans le monde, une toute petite communauté qui habite dans une région coincée entre la Bolivie et le Paraguay, mais presque tous les Tobas ont dû s'exiler après la destruction de leur forêt, se disperser dans les très grandes villes d'Argentine ou du Brésil. Leur langue va disparaître.

Déjà, des regards se tournent vers Moïsès. Ils savent qu'il est paraguayen. Que parfois, il utilise des mots étranges que personne ne comprend.

Le monsieur explique encore qu'il cherche des enfants qui parlent toba pour traduire un livre dans cette langue, un livre français, un livre déjà traduit dans beaucoup de langues dans le monde, parfois des langues très rares, et ainsi, d'une certaine façon, ces langues sont sauvées. Le monsieur précise qu'il a de l'argent pour ça, pour les enfants qui voudront les aider. Et il ajoute que le livre s'appelle *Le Petit Prince*.

C'est l'instituteur, señor Lopez y Planes, qui dénonce Moïsès. Même si l'ado ne résiste pas bien longtemps avant de dire oui. Le travail n'a pas l'air compliqué. Et il est bien payé : 1 000 pesos.

Pendant les mois qui suivent, Moïsès va se rendre toutes les semaines au lycée français, avec cinq autres enfants tobas de Buenos Aires. Ils écoutent l'histoire du *Petit Prince* en espagnol et la traduisent en toba.

Cela dure quelques mois. Ce n'est pas si facile que ça. Il n'y a pas de mots en toba pour désigner un prince, ou une cravate, ou un réverbère. Heureusement, d'autres sont plus simples, le soleil, la mer, les étoiles, les fleurs, le renard. Moïsès se débrouille bien, c'est ce que disent les professeurs.

C'est parce que ce livre, Moïsès l'aime bien. Pas pour l'histoire d'amour entre le Petit Prince et sa rose, les histoires d'amour, il n'y croit pas. Les filles qu'il voudrait, il n'a pas assez d'argent pour les approcher. Non, ce qu'il aime dans ce livre, c'est ce que dit le Petit Prince sur son astéroïde. Par exemple, qu'il faut faire soigneusement la toilette de sa planète. Pour éviter que poussent les baobabs. Le Petit Prince arrache les racines chaque jour. Moïsès a accroché au-dessus de son lit le plus beau dessin du livre, cette planète prête à exploser entre les racines de trois baobabs, parce que le paresseux qui l'habite avait négligé trois arbustes. Il aime l'idée qu'il faut s'occuper de sa planète. Parfois, quelques cousins de Buenos Aires racontent comment la forêt des Tobas, au Paraguay, a été rasée. Il n'en reste rien, pas même des routes ou des maisons qu'on aurait construites à la place, juste de la gadoue pendant les pluies et de la poussière l'hiver.

Moïsès a quinze ans lorsque *Le Petit Prince* en toba est enfin édité. Il est invité à une grande cérémonie à l'ambassade de France en Argentine, c'est lui qui est choisi pour prononcer le discours en toba, devant beaucoup de gens très importants. Il est fier de monter sur l'estrade pieds nus, avec ses longs cheveux noirs et son nez d'aigle. Il impressionne les gens importants, même si son discours ne dure que deux minutes. Il a traduit en toba cette phrase de Saint-Exupéry qu'on ne trouve pas dans *Le Petit Prince* :

Nous n'héritons pas de la terre de nos parents,
nous l'empruntons à nos enfants.

Quand il se mêle à la foule qui boit du champagne et grignote des noix de cajou, les gens importants viennent le féliciter. Un homme aux cheveux gris lui précise que sa citation n'est pas de Saint-Exupéry, c'est une légende, elle est en réalité tirée d'un proverbe amérindien, ou africain, mais ce n'est pas grave. Le principal est le message d'espoir. Et il lui propose de travailler avec lui.

Pendant quelques années, Moïsès va être employé par des associations soucieuses de préserver l'environnement, c'est-à-dire l'eau, la terre, l'air et les gens. Il navigue de contrat en contrat, un peu partout en Amérique latine. Quand il croise d'autres Tobas, à Rio, à Caracas ou Bogota, il se rend compte qu'il est l'un des seuls à posséder un métier, à ne pas boire, à avoir un espoir. Et à chaque fois, il rappelle que c'est grâce au *Petit Prince*. D'ailleurs, *Le Petit Prince*, c'est son passeport, quand il doit aller rencontrer des tribus en Amazonie ou au Chiapas, aller convaincre des indigènes dans les contrées isolées. Dès qu'il raconte cette fable, il capte l'attention des enfants émerveillés, des adultes étonnés, des vieux sages qui hochent la tête parce qu'ils comprennent. La rose est éphémère. Elle est menacée de disparition prochaine. Les hommes doivent être responsables de leur planète.

Moïsès fête ses vingt ans à Manaus, au Lappa Bar, quand Marie-Swan le contacte. Dans les rues de la capitale de l'Amazonie, cette blonde New-Yorkaise a l'air d'une extraterrestre tombée du ciel. Ou d'un Petit Prince tombé dans le désert. C'est peut-être ce qui le pousse à dire oui. À commettre cette folie. Marie-Swan a entendu parler de lui, de sa passion pour Saint-Exupéry, de son goût pour les voyages, de sa maîtrise des langues rares. Elle a fait le déplacement exprès, de New York. Elle veut l'embaucher. Elle a de l'argent, beaucoup d'argent. Elle attend que le Lappa Bar se vide, elle ferme la porte, et elle lui offre à boire, avant de lui révéler le reste.

Quelques-uns des plus grands admirateurs du *Petit Prince* forment un club, un club très fermé, le Club 612. Et ils lui proposent d'y entrer... Marie-Swan le fait boire encore. Il existe entre les lignes du conte une vérité cachée, un code à percer, un trésor à découvrir. C'est le but de ce Club 612. Le trouver ! Les membres du club sont âgés, ils ont besoin d'un chercheur de trésor jeune, débrouillard, capable de voyager, qui sait lire une carte, qui n'a pas peur de tout quitter. Moïsès a du mal à la croire, même si elle le fait encore boire. Alors elle lui dit d'attendre et elle revient avec des cartes, des cartes d'état-major, des cartes marines, des plans de forêts, des itinéraires de randonnées. Elle lui dit que les cartes ont été fournies par un des cinq autres membres du club, le géographe, qu'il a beaucoup travaillé sur les lettres et les chiffres dans le livre et qu'il a échafaudé des théories.

Moïsès va consacrer quinze ans de sa vie à la recherche du testament du *Petit Prince*. Il voyagera partout dans le monde, grâce aux indices du géographe, à l'argent d'Oko Dòlo, aux relations de Marie-Swan, à la protection d'Izar. Il arpentera le désert de Port Juby, les arrondissements de Paris, les rives de la Méditerranée, les plaines de Patagonie jusqu'à la Terre de Feu, la cordillère des Andes, les îles volcaniques de l'Atlantique et du Pacifique. Jusqu'à ce que cette quête devienne une obsession. Jusqu'à ce qu'il se mette à boire autant que les autres Tobas. Jusqu'à ce qu'il échoue ici, d'abord au Guatemala, puis au Salvador.

Jusqu'à ce qu'il échoue.

Il n'a rien trouvé.

Et pourtant, s'il boit, s'il boit tant, c'est qu'il reste persuadé que cette vérité était là, devant ses yeux. Invisible parce qu'il n'a pas su la voir. La voir avec le cœur.

Il vide la bouteille de tequila, l'envoie se cogner sur celle de mezcal, pour libérer une place au chaud entre ses genoux. Une petite place pour cette boîte rectangulaire posée à ses pieds.

Il rit tout seul.

Des années qu'il n'a pas reçu de courrier.

Pas plus qu'il n'a reçu de visite.

Avant de s'endormir, il regarde une dernière fois l'étrange plage murée, encerclée par l'immense chantier.

XXI

J'atterris sur la minuscule piste de l'aérodrome de San Miguel. Je m'autorise même un petit slalom entre les nids-de-poule de la piste mal bitumée.

— Vous ne vous débrouillez pas trop mal ! me complimente Andie.

Je retire ma ceinture, courbaturé par les heures de vol.

— Mieux que Saint-Exupéry en tout cas !

Andie réagit au quart de tour.

— Ça c'est pas gentil ! Saint-Ex était un grand pilote, un peu distrait c'est tout !

— Ouais... Un vrai casse-cou !

Elle rit en sautant de l'avion.

— Ça c'est vrai, aux commandes d'un avion, il a failli mourir plusieurs fois. De traumatisme crânien au Bourget. De noyade en Méditerranée dans un hydravion. De soif dans le désert, évidemment, mais aussi ici, en 1938. Son avion s'est écrasé au Guatemala. Il a frôlé la mort, on l'a d'abord cru perdu, puis il a échappé de peu à l'amputation, près d'ici, à l'hôpital d'Antigua, la capitale abandonnée du Guatemala. Consuelo apprend la nouvelle alors qu'elle voguait à bord d'un transatlantique, et qu'ils étaient, disons, fâchés... Elle se précipite à son chevet, le soigne, le câline... Et voilà les amants solaires miraculés réconciliés pour quelques mois.

J'observe la piste mal entretenue. Je ressens une étrange nostalgie. Si j'avais appartenu à la génération des Mermoz, Guillaumet ou Saint-Exupéry, aurais-je osé, comme eux, parcourir la Terre à bord de prototypes d'avions ? Avec la quasi-certitude d'y laisser ma vie ?

Andie arrache sur le tarmac une fleur violette qui pousse dans le goudron.

— Consuelo racontera même ses longues promenades avec son Tonio convalescent dans la ville fantôme d'Antigua, envahie par les rosiers, au point que son amoureux lui cueille une rose en lui promettant de lui écrire un conte dont elle sera l'héroïne.

L'anecdote me semble un peu trop belle pour être vraie !

— Ben voyons...

Je veux sortir à mon tour et je me cogne la tête dans le cockpit.

— Aïe !

Andie éclate de rire.

— Je ne sais pas si vous pilotez mieux que Saint-Ex, par contre, vous êtes aussi maladroit que lui ! Saint-Exupéry était un grand ours pataud non conscient de son poids, de sa taille et de sa force, qui se cognait aux portes, cassait tout ce qu'il touchait... même un piano une fois. Comme vous !

Je me frotte le front, vexé.

— N'importe quoi !

C'est vrai, je n'ai jamais cassé de piano !

— Et aussi, continue Andie, il portait des vêtements toujours chiffonnés. Perdait une de ses chaussures. Dormait tout habillé.

Andie m'inspecte et sourit. Je n'ose pas regarder mes habits, vérifier que ma chemise ne pend pas sur mon pantalon. Je rougis, je sors de quinze heures d'avion !

Andie éclate encore de rire.

— Je me moque. C'était un compliment, monsieur l'aviateur. Vous êtes aussi craquant que lui ! Regardez derrière vous, le volcan.

Je me retourne. Le sommet du Conchagua domine le paysage, aussi arrondi que la plage de sable noir dans laquelle il se trempe les pieds. Sublime !

Terrassé par la chaleur, envoûté par le décor, je propose :

— On va se baigner ?

Je crois qu'Andie, déjà partie, ne m'a même pas écouté.

Parvenir sur l'île de Conchagüita est ensuite un long périple. Train. Bus. Voiture. Bateau. Un périple pendant lequel je perds mes clés, j'oublie mon sac, je tombe dans l'eau, je renverse le guacamole de mon burrito sur mon dernier tee-shirt propre. Andie me dit que j'en fais trop, que je n'ai pas besoin de chercher à ressembler à Saint-Exupéry pour qu'elle m'admire. Elle parle aussi bien espagnol qu'anglais, elle séduit avec la même grâce les chauffeurs de bus salvadoriens que les taxis new-yorkais. Elle paraît partout chez elle sur la planète.

Enfin, le bateau nous dépose à l'embarcadère de Conchagüita.

Nous découvrons, étonnés, la minuscule île perdue dans le golfe de Fonseca que se partagent le Salvador, le Honduras et le Nicaragua. Des grues plus hautes que les palmiers dépassent de la forêt. À côté du ponton de bois où accoste notre bateau de pêche, une longue jetée a été bétonnée, où sont arrimés des cargos transportant toutes sortes de matériaux. Fer. Plâtre. Ciment. Verre. Une imposante affiche plantée sur le port ne laisse aucun doute sur les intentions des promoteurs. Dans quelques mois, un gigantesque complexe hôtelier ouvrira sur cette île déserte.

Alors que je regarde, fasciné, l'affiche du Paradise Island, Andie file demander au type moustachu et tatoué qui tient le food-truck face à nous où elle peut trouver Moïsès Kochav.

Sans hésiter, le patron désigne la plage d'à côté.

☆

— Du courrier d'abord ! De la visite ensuite... L'apocalypse approche sur Conchagüita !

Moïsès lève sa bouteille à notre santé, la vide alors que nous marchons vers lui, puis jette le cadavre de verre sur le sable. Moïsès est adossé à l'un des cocotiers de la plage, déserte. J'essaye de prendre l'une des chaises d'une paillote abandonnée, mais je m'aperçois qu'elles sont toutes attachées à l'aide d'une lourde chaîne aux palmiers. Les tables sont elles aussi enchaînées, ainsi que tous les objets de fortune qui jonchent la plage : poubelles, vélo rouillé, barbecue...

Étrange... Qui pourrait vouloir les voler ?

Andie, d'ordinaire si observatrice, n'a rien remarqué. Elle est subjuguée par Moïsès et s'est assise devant lui dans le sable.

Moïsès est beau. Beau comme un bateau qui a fait le tour du monde.

Avant de devenir une épave.

Moïsès n'est pas bavard. Il ne commence à parler qu'après de longues minutes et surtout après qu'Andie m'ait suggéré trois allers-retours jusqu'au food-truck de l'embarcadère, les bras chargés de Corona et de Mezcal Reposado. Il ne se rappelle d'Oko qu'à la troisième Corona, et de Marie-Swan qu'à la sixième. Une fois le flacon de mezcal à moitié vide, ses souvenirs paraissent enfin remonter à la surface.

— On formait un club, explique Moïsès sans lâcher Andie des yeux, comme si le brave porteur d'alcool était aussi transparent que les bouteilles de verre. Un club qui rassemblait les meilleurs spécialistes du *Petit Prince*. Chacun avait son rôle.

OK, pensé-je, OK, Moïsès. On sait déjà tout ça.

— Nous avons échafaudé beaucoup d'hypothèses, des tas d'échafaudages qui se sont écroulés, on a accumulé beaucoup d'archives...

Je sais, Moïsès, Andie a tout consulté, dans l'avion, ça l'a occupée des heures, pour rien.

Moïsès se tait, méditant sur son échec. Andie s'intéresse enfin à ce qui se passe autour. Elle s'interroge, comme moi, sur cet étrange mur haut de plusieurs mètres qui sépare la plage de l'océan Pacifique. Un mur dont on ne voit pas la fin et qui paraît faire le tour de l'île. Pour quelle raison ériger une telle muraille ? Pour empêcher des migrants d'accoster ? Des clandestins ? Des Mexicains ?

— Entre membres du Club 612, demande Andie, vous vous connaissiez ?

— Oui, articule difficilement Moïsès. On se retrouvait chaque année pour faire le point. Un séminaire. Une sorte de conclave entre élus. On se réunissait plusieurs jours chez Izar, c'était son rôle dans le club, nous accueillir, dans son palais. Des heures à discuter... Pour rien.

Un palais !

Enfin du nouveau...

Dans ma tête, je fais le point. Izar, le quatrième membre du club sur la liste, est donc le roi ! Moïsès est évidemment le buveur. Hoshi, le cinquième nom, serait l'allumeur de réverbères ? Reste le mystérieux géographe...

Moïsès s'est à nouveau perdu dans ses souvenirs lointains. Andie est une nouvelle fois plus rapide que moi. Pour le réveiller, elle fait joyeusement carillonner sa Corona à celle de l'alcoolique.

— Bonne nouvelle ! On prend le relais ! Oko nous a confié la suite de la mission. On recommence l'enquête depuis le début. Marie-Swan nous a avoué que c'est la rose qui a tué le Petit Prince. Vous confirmez ?

J'ai presque eu l'impression qu'Andie allait lui sortir sa plaque de police.

Moïsès n'a pas l'air impressionné. Il est même secoué d'un rire gras, la mousse de sa bière coule sur ses doigts.

— Ah, ah, ah. Swan ne change pas ! Toujours aussi jalouse des autres roses... et spécialement de Consuelo ! Mais aucune des roses enamourées de ce salaud n'aurait pu faire de mal à son Tonio. Elles l'aimaient trop. La rose tuer le Petit Prince ? Ce serait bien le comble !

— Pourquoi le comble ? s'étonne Andie.

— Pourquoi ? (Moïsès vide sa Corona d'une seule rasade.) Pourquoi ? Mais parce que c'est tout le contraire, bien entendu.

— Tout le contraire ?

— Oui, tout le contraire. (Il décapsule une nouvelle bière entre ses dents.) C'est Tonio qui a laissé tomber Consuelo, tout comme le Petit Prince a laissé tomber sa rose. Et sa rose en est morte !

— Quoi ?

Andie a fait un bond dans le sable, assez haut pour en faire gicler sa Corona sur ses bras. Après, on dira que c'est moi qui suis maladroit !

— Vous savez lire ou quoi ? s'énerve Moïsès. Le Petit Prince est un lâche, un amoureux indigne, il s'évade, avec les oiseaux, comme un sauvage, de peur de rester en cage. Oh, il regrette le pauvre, *je n'aurais jamais dû m'enfuir*, il se réfugie derrière les plus pitoyables excuses, *j'étais trop jeune pour savoir l'aimer*, c'est toujours de la faute de l'autre, *les fleurs sont si contradictoires.* Mais ça ne l'empêche pas de fuir ses responsabilités. Il ne reviendra pas, sa rose le sait quand elle lui dit en guise d'adieu, *tâche d'être heureux.*

Il descend une énième bière. J'espère que le food-truck se fait livrer par camion-citerne.

— La vérité, poursuit Moïsès, c'est que le Petit Prince a compris que sa rose était morte. Seule, sur sa planète, sans eau ni protection, il la sait *menacée de disparition prochaine*, sa fleur *qui n'a que quatre épines pour se défendre contre le monde ! Et je l'ai laissée toute seule chez moi*, pleure le malheureux Tonio, *et il éclate brusquement en sanglots*. Toute seule pendant un an ! Trop tard pour les regrets, mon pauvre Tonio !

Alors qu'Andie réfléchit (j'aime beaucoup quand son front et ses yeux se plissent ainsi), mon regard glisse une nouvelle fois sur les tables et les chaises enchaînées aux arbres de la plage. Pourquoi attacher de tels objets ? Par peur d'une tempête ? La météo n'annonce pourtant aucun vent pour chasser les rares nuages, parole d'aviateur !

— Le Petit Prince aurait abandonné sa rose ? commente Andie avec une part de mélancolie dans la voix. Tout comme Saint-Exupéry a abandonné Consuelo ?

— Oui... Il a séduit la petite princesse de ce petit pays, le Salvador, il l'a aimée tel un petit animal exotique, il l'a apprivoisée, puis s'est lassé, et il a disparu sans rien lui laisser, pas même un testament, pas même une preuve publique qu'elle est bien sa rose unique, pas même cet autre livre promis, pas même une dédicace... Il disparaît parce qu'il a peur d'affronter sa propre lâcheté !

Andie reste pensive. Tout son visage se plisse à nouveau, comme si elle pressait son cerveau pour en extraire une idée. Elle avait la même expression adorable dans le musée new-yorkais, quand elle déchiffrait les ratures du chapitre du renard, son ami apprivoisé, la responsabilité, les champs de blé.

Une fine pluie chaude tombe maintenant sur la plage. Les quelques gouttes paraissent faire pousser encore plus vite les immeubles du palace en chantier.

— Qui a tué le Petit Prince alors ? interroge Andie. Qui a tué Saint-Exupéry ?

Moïsès ne répond pas. Il se contente de fouiller dans sa poche, tout en serrant entre ses cuisses une étrange caisse blanche en carton. Il finit par dénicher ce qu'il cherche et nous tend deux passeports rouges.

Je me souviens de l'adresse du quatrième membre du Club 612.

Izar, Royaume Autonome d'Herminie, archipel des Orcades, Écosse.

— Ils vous seront utiles, précise Moïsès. Les douaniers de la principauté d'Herminie ont tendance à faire un peu de zèle.

Le buveur éclate de rire avant d'ordonner :

— Laissez-moi.

Je me lève. Andie ne bouge pas.

— Laissez-moi maintenant. Allez dormir ailleurs... Vous êtes venus un peu trop tôt pour profiter de l'hôtel.

Il rit encore. Andie s'est levée. Alors que nous nous éloignons, j'observe Moïsès au loin. Je le vois lui aussi, avec une infinie précaution, passer une chaîne autour de sa taille, et la fixer au cocotier.

Comme en prévision d'un cataclysme imminent.

XXII

— Allô, chérie ?

— Neven ! Enfin ! Où es-tu ?

— En Amérique... Toujours en Amérique.

— À New York ?

— Non... Non... Un peu... Un peu plus au sud.

— Je t'entends mal, il y a du bruit derrière.

— Oui, il y a des travaux...

— Il y a du monde autour de toi ? Tu es dans la rue ? Tu es dans une ville ?

— Non, ma chérie...

— Où es-tu, Neven ?

— Je suis... Je suis sur une île.

— Une île ? En Amérique ?

— Au Salvador... Une île déserte.

— ...

— Tu es là, Véronique ?

— Bien sûr que je suis là. Je suis toujours là. Je ne bouge pas, moi.

— ...

— Il y a des crocodiles, Neven ? Des mygales ? Des pirates ? J'ai peur pour toi. Reviens. Reviens !

— Je prends l'avion demain. Pour l'Europe.

— Tu rentres enfin !

— Presque... Je dois juste faire une escale avant... En Écosse, au nord de l'Écosse.

— Neven ?

— Oui, ma chérie ?

— Neven, ne m'abandonne pas.

— Mais qu'est-ce que tu racontes ?

— Je ne t'entends plus, Neven. Alors écoute-moi. Juste écoute-moi. Ne me laisse pas. J'ai besoin de toi. J'ai peur sans toi. Je perds les pétales. Je fane sans toi.

XXIII

Nous sommes assis sur la plage, face au soleil rouge. Les ouvriers sont rentrés sur le continent. L'île est redevenue silencieuse. Quelques habitués mangent en silence dans une petite paillote de bambou. Dînent de sardines. Des enfants courent autour d'un ballon poussiéreux. Un jeune cuisinier en tablier blanc vient rejoindre la petite serveuse brune, la prend dans ses bras et contemple avec elle le soleil qui se couche derrière l'horizon.

Aimer, c'est regarder ensemble
dans la même direction.

Nous quittons l'île demain matin. Très tôt. Par le premier bateau de pêche. La paillote propose des viandes et des poissons grillés, des boissons sucrées et alcoolisées, mais pas de chambre. Nous dormirons sur le sable, sous les étoiles, sur cette plage calme de la baie de Fonseca, à l'opposé de celle de Moïsès, où les ronflements de l'alcoolique doivent remplacer le bourdonnement des bétonneuses. Pas de chantiers ici, ni de tables ou de chaises enchaînées, ni de mur entre le sable et la mer. Juste une eau très bleue et un soleil rouge, aussi rouge que les cheveux d'Andie.

— J'aime bien les couchers de soleil, dit Andie. La planète du Petit Prince est si petite qu'il lui suffit de tirer sa chaise de quelques pas pour assister à autant de crépuscules qu'il veut... Sans avoir besoin d'attendre !

Je ne réponds pas, je pense à Véronique.

Je pense aussi que le plus joli dans un coucher de soleil est l'attente de la longue descente.

— Le Petit Prince, poursuit Andie, disait que quand on est triste, on aime les couchers de soleil... Un jour il a vu le soleil se coucher quarante-trois fois.

— Il était tellement triste ce jour-là ?

Andie se retourne vers moi et sourit. Auréolée de la lumière d'or du soir, je la trouve jolie.

— Quarante-quatre fois, même ! précise la détective stagiaire. Dans les éditions originales du *Petit Prince*, c'est le chiffre de 44 qui apparaît. Mais Saint-Exupéry a corrigé lui-même les manuscrits pour inscrire le chiffre de 43... Un étrange détail auquel il tenait particulièrement et sur lequel il n'y a aucune explication. Pourquoi 43 ?

C'est l'âge de Consuelo, c'est aussi l'année de l'édition du *Little Prince*, l'année où il repart pour la guerre. C'est ce qui le rendait si triste ? Ce seul indice pourrait-il...

Je pose mon doigt sur la bouche d'Andie.

— Taisez-vous, jeune fille. Taisez-vous une seconde, pour une fois, et regardez.

Je prends sa main.

Je laisse le silence nous envelopper. Je laisse le vent chaud nous draper de senteurs de café et de coco.

— Ce n'est pas triste, un coucher de soleil, dis-je. Quand on le regarde à deux.

— Vous voyez, vous êtes aussi bavard que moi ! Vous ne pouvez pas vous empêcher de parler.

Je souris à mon tour. Sa main est chaude dans la mienne.

— Quel âge avez-vous, Andie ?

— L'âge du Petit Prince... L'âge d'être triste devant un coucher de soleil. L'âge d'être heureuse si je le regarde accompagnée. L'âge d'aimer.

Le sable est chaud sur nos mains.

— C'est un curieux prénom, Andie. Presque un prénom de garçon.

— Un détective doit avoir un prénom de garçon, non ?

— Non.

— Non ? Alors je vais vous faire une confidence, monsieur le vieil aviateur. Andie n'est pas mon vrai prénom... je l'ai un peu transformé pour des besoins... heu, professionnels. Mon vrai prénom, c'est... Ondine.

Les vagues qui lèchent nos pieds sont chaudes.

— Ondine ? C'est... C'est en effet... sacrément plus féminin. Et votre vrai prénom a un rapport avec le Petit Prince, j'en suis certain.

— Gagné ! Vous raisonnez de mieux en mieux, inspecteur. Ondine est le prénom de la Petite Sirène, dans le conte d'Andersen, le préféré de Saint-Exupéry, celui que lui lisait l'actrice Annabella sur son lit d'hôpital, celui qui a peut-être inspiré le Petit Prince, celui qui...

Je pose une seconde fois mon doigt sur sa bouche.

— Chut, stop.

Elle se tait. Le soleil s'est couché. L'horizon est en feu. Quelques étoiles brillent telles des braises envolées. Tout est beau autour de nous. Je ne pense plus du tout à Véronique.

— Ondine ?

Un simple changement de prénom change tout. Une rose aux pétales d'or se tient à la place de mon petit renard roux. Je répète comme une vague qui s'entête :

— Ondine ?

— Oui ?

— Ondine, on ne dit plus rien du tout ? Jusqu'à demain matin ? Vous ne me nommez aucune étoile, pas même celles visitées par le Petit Prince, la B 612 ou les astéroïdes 325 à 330, pas même les vraies étoiles que les hommes ont baptisées en son honneur. Promis ?

— Promis !

Ondine, Andie, Andine, s'allonge sur la plage. Museau aux étoiles. Corps de dune sous la lune. J'ai envie de poser mes lèvres sur sa peau de sable, juste pour en voler quelques grains.

Je pense à Tonio, je pense à la rose, je pense à un bocal, je pense à un astéroïde, je pense à un vol d'oiseaux sauvages, je pense à des roses semblables, je pense à ma maison entourée de thuyas, je pense à ma rose.

— Andie ?

— Oui ?

— Belle nuit, Andie, je dois dormir. J'ai quinze heures de vol demain jusqu'au Royaume Autonome d'Herminie.

XXIV

Moïsès regarde le Falcon 900 s'envoler au-dessus de sa tête.

Il est encore tôt le matin. Les deux enquêteurs sont déjà partis, par le premier bateau de pêche. Les autres bateaux sont déjà arrivés, avec leurs pompes, leurs tuyaux, leurs turbines.

L'eau commence déjà à monter.

Moïsès vérifie qu'il est bien enchaîné au cocotier, il a jeté les clés du cadenas dans le sable, les hommes mettront du temps à le détacher, à couper les maillons d'acier, à scier le cocotier. Trop de temps...

Ils ne vont pas se noyer avec lui. Ils ne vont pas se noyer pour un ivrogne déjà noyé dans la tequila, le mezcal et la Corona.

Les tuyaux, activés par les turbines, crachent une eau plus claire que celle de la mer.

Il a le temps. Le temps d'ouvrir la boîte. Elle est si légère.

Elle flottera. À l'inverse de tout le reste, les meubles, les maisons, les arbres, tout ce qui est enchaîné restera prisonnier. Au fond. Comme lui !

Des ouvriers passent, lui font signe de dégager. Il ne bouge pas. Les ouvriers haussent les épaules.

S'en foutent. Après tout, ce n'est pas eux qui habiteront dans Paradise Island.

Trois mille chambres. Un golf, un zoo, des cinémas. Et surtout, parce que l'océan est trop froid, parce que l'océan est trop sale, parce que l'océan est trop dangereux, une attraction unique qui attirera les touristes du monde entier : la plus grande piscine du monde ! Neuf hectares, près de trois cents millions de litres d'eau, record chilien précédent de deux cent cinquante millions battu dans les grandes profondeurs !

Il faudra plus de trois jours pour noyer le tiers de l'île.

Une lente agonie.

Nous n'héritons pas de l'océan de nos parents,
nous l'empruntons à nos enfants.

Moïsès se décide à ouvrir la boîte blanche. Sans trembler, résigné. Tant pis si c'est un colis piégé, si l'expéditeur l'a condamné.

Il y a longtemps qu'il a perdu tout réflexe.

Il y a longtemps qu'il a tout perdu.

À chercher ce secret. Pourtant, l'Eldorado existe, il en est persuadé. Il souhaite à ces deux-là, la petite princesse rousse et son aviateur, de le découvrir. À deux, sans doute, on y arrive mieux.

Le couvercle glisse. Le serpent bondit, Moïsès n'esquisse aucun geste pour l'éviter.

Il n'y eut rien qu'un éclair jaune près de sa tempe.
Il demeura un instant immobile. Il ne cria pas.
Il tomba doucement comme tombe une tour de sable.
Ça ne fit même pas de bruit, à cause du moteur des turbines.

XXV

— Bien dormi ? demande Andie.

— Oui !

— On ne dirait pas, vous avez vu votre tête ?

— Quoi ?

— Vous tremblez... Vous trifouillez tous vos boutons. Vous vous trémoussez sur votre siège.

— N'importe qu...

— Oh je sais, crie Andie en découvrant les atolls presque invisibles sous l'ombre du Falcon 900, rien que quelques taches plus claires dans la mer. On repasse au-dessus du triangle des Bermudes, toutes vos boussoles vont devenir folles !

Je hausse les épaules. Je n'ai pas envie de me lancer à nouveau dans le récit des cargos et avions disparus. Andie, moqueuse, s'amuse à tapoter les instruments de navigation, anémomètre, altimètre, variomètre...

Ça m'énerve !

Elle s'arrête soudain, sans que je ne dise rien. Son regard se trouble, elle fixe avec stupéfaction le GPS.

— Andie, vous avez vu un fantôme ?

— Non, non.

— Quoi alors ?

— Rien, rien.

Ça m'énerve plus encore.

— Ça commence à faire beaucoup de secrets, non ? Votre réaction devant le manuscrit original du *Petit Prince* au musée de New York, votre réaction, là, tout de suite...

— C'est pour ne pas vous embrouiller. Je rassemble les morceaux de puzzle, dans ma tête. Une fois emboîtés, je vous dirai...

Si elle ne voulait pas m'embrouiller, c'est raté !

— Merci ! Bien compris. Je ne suis qu'un taxi. Vous étiez plus gentille, ma petite sirène, devant le coucher de soleil.

— Non... J'étais seulement plus triste. Ou plus mélancolique. (Elle sourit.) Les fleurs sont tellement contradictoires.

Son sourire ne suffit pas, cette fois...

— Message reçu. Vous n'aurez qu'à accrocher à votre poitrine un petit badge, Andie ou Ondine. Je comprendrai.

— Ne vous fâchez pas, Neven.

— Désolé de ne pas être à la hauteur, Andie... J'ignore pourquoi Oko m'a choisi, je ne suis qu'un mécanicien frustré, le nez dans le cambouis, les pieds sur le tarmac. Rien à voir avec ces aviateurs de la Terre des surhommes, qui survolaient sans cartes l'Afrique, l'Amérique, en connaissaient chaque route, chaque verger, chaque maison.

Mais comment résister à son regard aussi compatissant qu'attendrissant ?

— Vous savez, Neven, Saint-Exupéry n'était pas qu'un funambule et un poète, il était aussi un scientifique. Le nez dans le moteur lui aussi. Il a déposé treize brevets d'inventions sur la navigation aérienne ! Il aimait les chiffres autant que les mots. Il adorait inventer des énigmes mathématiques pour ses amis. Dans *Le Petit Prince*, il joue avec la numérologie, il dit que *les grandes personnes aiment les chiffres,* et les multiplie dans son récit : l'astéroïde 612 évidemment, et les six autres de la région, les planètes 325 à 330.

Je ne résiste pas.

— OK, je comprends. On cherche un code secret. La série de chiffres du coffre-fort où est caché son testament.

— Ne vous moquez pas ! Vous ne trouvez pas troublant, par exemple, que Saint-Exupéry écrive ceci : *J'ai de sérieuses raisons de croire que la planète d'où venait le petit prince est l'astéroïde B 612. Cet astéroïde n'a été aperçu qu'une fois au télescope, en 1909, par un astronome turc.* Pourquoi autant de précisions ? Le numéro de l'astéroïde par exemple ?

— Pas difficile !

— Quoi ?

— 612... 6-12, le 6 décembre, la Saint-Nicolas, la fête des enfants, quoi de plus logique pour un conte ?

J'entends Andie soupirer, même si je pense l'avoir un peu épatée.

— Et l'année de découverte de l'astéroïde ? Et même la nationalité de l'astronome ? Pourquoi un astronome turc ? Saint-Exupéry n'a jamais mis les pieds en Turquie !

— Il existe peut-être un célèbre astronome turc ?

— Aucun, j'ai vérifié !

Je saisis une occasion inespérée de reprendre l'avantage.

— Ou alors, Saint-Exupéry voulait parler d'un explorateur.

— Un explorateur turc ?

— Oui ! Vous n'avez jamais entendu parler de Piri Reis ?

Andie redevient Ondine, une petite sirène qui adore les histoires. Elle secoue la tête pour dire non, impatiente de connaître la suite.

— Piri Reis est le grand amiral et navigateur ottoman de la Renaissance. À l'époque des grandes découvertes, il a établi la carte terrestre la plus mystérieuse du monde, sur une peau de gazelle, où toutes les côtes de l'ouest de l'Afrique et de l'Amérique du Sud sont dessinées, ainsi que toutes les îles des Caraïbes...

— Exactement le périmètre survolé par les pionniers de l'Aéropostale !

— Tout juste. Mais cette carte, qui date de 1513, est surtout d'une précision incroyable pour l'époque, elle reproduit par exemple le tracé exact de l'Antarctique, qui ne sera découvert que trois cents ans plus tard. À tel point que ces détails ne peuvent être dus qu'à un fabuleux hasard... ou à une observation extraterrestre !

— Rien que ça !

— Rien que ça ! La carte de Piri Reis s'arrête à l'endroit que nous survolons, elle est tronquée, il manque un morceau d'Atlantique, une partie de la carte à jamais perdue...

Andie prend une voix d'outre-tombe.

— Les extraterrestres voulaient préserver le mystère du triangle des Bermudes ! Et ce n'est pas fini, mon aviateur sans peur, nous filons droit vers l'Écosse, ses fantômes et son château hanté.

— Pas en Écosse ! Soyez précise, Andie. Nous filons vers un État souverain, une principauté indépendante, le Royaume Autonome d'Herminie !

L'île du roi

Il est bien plus difficile de se juger soi-même que de juger autrui.

Le roi, astéroïde 325

Je combattrai pour l'homme. Contre ses ennemis. Mais aussi contre moi-même.

Pilote de guerre

XXVI

Izar a huit ans et il tient la main de son père, Fausto. Ils s'enfuient tous les deux. Son père lui a appris à courir très vite puis à se jeter à plat ventre dans un fossé ou derrière un mur. Avant que la voiture ou la maison n'explose.

Son père, Fausto, est communiste, nationaliste, terroriste, anarchiste.

Son père Fausto est un héros.

Avec son père, Izar a beaucoup voyagé, il a passé les Pyrénées pour fuir Franco, il a passé le rideau de fer pour fuir Tito, il a passé la Manche, jusqu'à l'Irlande, pour fuir Thatcher. Son père prête ses mains et ses poings à toutes les causes qui en ont besoin.

Un soir, Izar s'en souvient, c'était à Dublin, Fausto a posé des livres sur son lit. Il y avait la Bible, le Coran, *Le Petit Livre rouge*, *Le Capital*, et même *La Richesse des nations* d'Adam Smith. Puis Fausto lui a dit, tu vois fiston, ces livres sont traduits dans des centaines de langues, tout le monde peut les comprendre n'importe où sur la terre, et pourtant, que font ces milliers de mots ? Ils sèment la guerre ! Ils divisent la planète en parts inégales aussi sûrement que la dérive des continents. Regarde ces livres, fiston, leurs auteurs sont si sincères qu'ils voudraient imposer leurs idées, leur Dieu, leurs utopies, à la terre entière ! Moi aussi j'y ai cru, fiston. Moi aussi.

Le père d'Izar était déjà vieux et fatigué, ce soir-là.

Mais toi, fiston, il ne faut pas que tu croies à ces livres-là. Ou tu y laisseras toutes tes illusions, comme moi.

Et alors, Fausto a sorti un autre livre de sa poche, un livre en basque, avec un petit garçon, une planète et des étoiles sur la couverture.

Vois-tu, fiston, ce livre-là pourrait remplacer tous les livres de religion du monde, tous les traités politiques, toutes les théories économiques. J'ai mis du temps mais je l'ai compris.

Les autres livres décousent le monde, ce livre le raccommode.

Tu sais ce que veut dire *izar* en basque, fiston ?
Bien entendu, Izar savait.
Izar veut dire étoile. Et ce soir-là, son père l'avait pris dans ses bras.

Depuis ce soir-là, souvent, sur des missions, Fausto sort *Le Petit Prince* de sa poche et en lit des extraits à son fils. Il le commente aussi, il explique à Izar que c'est le seul livre écrit par un Français, publié aux États-Unis, et qu'on peut lire de l'autre côté du rideau de fer, en Russie, en Tchécoslovaquie, en Roumanie. Un jour il est confiant. Il dit qu'il y a encore des choses à espérer. Un autre jour il est déprimé. Il vient de lire un décret publié en Hongrie : *Les enfants doivent avoir les deux pieds sur terre. Il faut qu'en tournant leur regard vers le ciel, ils cherchent des spoutniks. Préservons nos enfants du poison des contes de fées, comme de l'absurde et morbide nostalgie du Petit Prince, qui aspire si sottement à la mort.* Alors il est triste. Il dit que les hommes n'ont rien compris. Que le monde est fichu et qu'il n'y a plus qu'à le faire sauter.

Une nuit, près de Belfast, Fausto fait sauter le local des unionistes, sur Ormeau Road. Un vieux bobby, qui y cuvait son whisky, saute avec. Fausto restera sept ans dans la prison de Crumlin Road.
Quand il sort, Izar a dix-sept ans.
Rien ne sera plus jamais comme avant.

Ils partent tous les deux en Écosse, seuls, sur une île déserte dans les Orcades qu'un vieux nationaliste écossais les laisse occuper, en souvenir du glorieux passé.

Ils y vivent des années. Dans la tête d'Izar, les bombes posées par son père n'ont jamais cessé d'exploser. Fausto dit qu'il s'est trompé, qu'il faut tout recommencer, que si l'on ne peut pas changer le monde, il faut en construire un autre, alors autant le bâtir, ici. Tu as compris, fiston, Izar a presque trente ans mais Fausto l'appelle encore fiston, tu as compris, on va le construire ici, et quand je ne serai plus là, c'est toi qui le garderas. C'est toi... C'est toi qui en seras le roi.

Un jour Fausto est mort. Izar a dispersé ses cendres en mer du Nord. Il lui a offert des funérailles nationales, même si leur royaume était encore tout petit alors.

Mais Izar l'a construit. L'a embelli. Il l'a promis.

Il n'a au fond qu'un seul regret.

Un baobab, sur le sol écossais, ça ne se verra jamais.

XXVII

Le Falcon 900 se pose sur l'impeccable tarmac bitumé du Royaume Autonome d'Herminie.

— Monsieur l'aviateur, supplie Andie juste avant que je coupe les gaz, accordez-moi un rapide cours de géo...

Je laisse ralentir le jet privé sur la longue piste d'atterrissage. C'est presque incroyable qu'une île aussi minuscule possède un aérodrome aussi bien entretenu.

— Eh bien, les Orcades sont avec les Hébrides et les Shetland le troisième archipel écossais, un ensemble de près de soixante-dix îles, dont moins d'une sur quatre est habitée. Les Orcadiens sont au nombre de...

— Merci ! coupe Andie. Oh, regardez !

Elle lève les yeux et tend le doigt.

Au-dessus du petit aéroport de pierres grises flotte un drapeau. Un étrange drapeau ! Sur fond bleu azur est imprimé un baobab !

Nous marchons sur la piste, jusqu'à parvenir au bâtiment qui doit servir de terminal. Un douanier moustachu nous attend à l'intérieur, derrière un comptoir de bois. Petit, trapu, il est vêtu d'un uniforme vert à galons étoilés. Il se contente de saisir les visas que Moïsès nous a confiés au Salvador.

Le douanier les examine d'un air méfiant, puis tamponne les documents.

Le cachet représente une rose !

Enfin, le douanier prononce quelques mots. Six exactement.

— Voulez-vous changer de l'argent ?

Je manque de m'étouffer de surprise.

— Quoi ?

— Ici, en Herminie, on paye en renards. (Il consulte son ordinateur.) Un renard vaut 1,27 dollar...

— Ah...

Devant notre hésitation, le douanier s'empresse de préciser.

— Vous pourrez aussi changer votre cash dans la capitale. D'ailleurs, votre chauffeur ne devrait pas tarder à arriver.

De plus en plus surpris, je sors avec Andie et j'attends devant la route goudronnée qui disparaît un peu plus loin dans les ondulations de l'île. Nous patientons quelques minutes.

— Les collines, me souffle Andie, ce sont évidemment les volcans ?

Elle n'a pas le temps de m'en dire davantage.

Une longue Rolls Royce noire apparaît de derrière la butte la plus proche. Alors qu'elle se dirige vers nous, je repère les petits drapeaux bleus, et leur baobab, sur chaque extrémité du capot.

Un chauffeur au maintien impeccable, malgré sa carrure imposante et sa petite taille, sort de la Rolls. Son gant blanc nous ouvre la portière. Sa casquette, ornée d'une rose, nous salue. Derrière ses lunettes de soleil, sans doute nous regarde-t-il.

Andie a l'air de follement s'amuser. Elle s'installe à côté de moi sur les fauteuils de cuir rouge. La Rolls roule doucement sur les routes vallonnées, sans doute de peur d'écraser un des moutons qui broutent par centaines, et en totale liberté, dans les landes de l'île.

— Arrivons-nous bientôt ? demande Andie en prenant une voix d'aristocrate.

— Nous serons dans une minute à la capitale, répond le chauffeur.

Je calcule que nous avons dû parcourir six kilomètres depuis l'aéroport. D'ailleurs, des bornes de granit sont installées le long de la route.

325, 326.

Andie se racle la gorge.

— Parlez-nous un peu de ce royaume, mon brave.

— Avec plaisir, Miss. L'Herminie est un royaume indépendant depuis près de cinquante ans maintenant. Le royaume frappe sa propre monnaie, perçoit taxes et impôts, dispose d'une constitution souveraine, d'une police et d'une petite armée, et jouit d'une économie florissante...

— Les moutons, dis-je pour avoir l'air de m'intéresser.

— Non, répond le brave, les lèvres pincées. Nous ne mangeons, ni ne vendons, ni même ne tondons les moutons en Herminie. Les moutons sont sacrés. La vraie richesse d'Herminie se cache sous la mer. Le pétrole.

Bornes 327, 328, 329.

Les moutons se raréfient, les bosquets de roses s'intensifient.

Le brave chauffeur continue.

— Nous disposons aussi d'ambassadeurs qui travaillent pour que l'Herminie soit reconnue par l'ONU et l'Union européenne, en tant qu'État-ami, même si nous n'admettons aucune compromission politique. Nous sommes un État non aligné qui n'œuvre que pour la paix.

Un dernier tournant.

Borne 330.

Le palais apparaît brusquement. Un pur manoir écossais, pierres grises et tours pointues, mâchicoulis en dents de géants et fenêtres jaunes et rondes comme des yeux de dragons.

Sur le fronton du château, je déchiffre la devise.

L'autorité repose d'abord sur la raison.

Le brave chauffeur est parti garer la Rolls derrière le château. Nous en franchissons les douves par un pont-levis et attendons quelques instants devant la porte de chêne (je n'ose penser qu'il s'agisse de planches de baobabs, eux aussi doivent être trop sacrés pour finir en tranches !).

La porte s'ouvre.

Un majordome barbu aux cheveux gris se tient derrière. Il porte une élégante écharpe jaune et un large turban qui descend jusqu'à ses yeux. Petit mais musclé, il referme la lourde porte derrière nous et nous invite à monter l'escalier, jusqu'au grand salon.

Nous en restons bouche bée.

Dans la vaste pièce soutenue par des poutres baobabesques, chauffée par une haute cheminée, est exposée la plus stupéfiante collection petite-princière qui puisse exister.

Je ne suis certes pas un spécialiste, mais Andie, qui l'est, se montre tout autant impressionnée. Dans les vitrines de verre, comme s'il s'agissait de reliques précieuses, je reconnais l'épée du Petit Prince, les étoiles qu'il porte à l'épaulette, la chaise sur laquelle il regarde les couchers de soleil, l'arrosoir et le paravent pour sa rose, le bocal, la poêle posée sur le petit volcan. Rien ne manque !

Dans les vitrines d'en face, éclairées de vitraux en forme de roses incrustées dans les pierres grises du mur, trônent le télescope de l'astronome, le grand atlas et la loupe du géographe, le fusil du chasseur, la cravate du businessman.

Andie ne sait plus où donner de la tête, fascinée.

Mais le plus beau reste à venir. Sur le plus grand mur sont exposés des exemplaires du *Petit Prince...* dans toutes les langues de la terre ! Les différents alphabets dansent devant nos yeux, des Petit Prince de toutes les couleurs, des avions, des planètes, des étoiles... comme si les enfants de chaque pays, de chaque tribu du monde se donnaient la main.

Subjugué, je commence à les compter.

— Trois cent dix-huit traductions, précise le majordome dans mon dos. La plus grande collection au monde du livre le plus traduit au monde. Le plus universel des contes jamais publiés. Pour certaines langues orales d'ethnies reculées, il est même le seul récit écrit. Observez ces éditions pour les autistes, en braille, ou même en Aurebesh, la langue de Star Wars. Et celle-ci, en hébreu pour les élèves palestiniens. Peut-il exister un symbole de paix plus puissant ?

Il nous laisse admirer la collection encore quelques instants, puis tousse avec distinction.

— Voulez-vous passer dans la salle du trône ?

Il ouvre une nouvelle porte. Nous entrons dans une pièce entièrement lambrissée. Quelques tableaux et cartes sont accrochés. Des paysages de déserts et de volcans.

Andie baisse les yeux sur les fleurs violettes du trône, très simple et à la fois majestueux, puis sur la couronne royale posée sur le coussin. Mon regard, à l'inverse, se bloque sur une des cartes au mur.

Je n'en crois pas mes yeux. La carte est dessinée sur une peau.

Je crois reconnaître la fameuse carte de Piri Reis !

Avant que j'aie le temps de prévenir Andie, le majordome tousse à nouveau :

— Sa Majesté Izar Ier va vous recevoir.

XXVIII

Le roi nous accueille, vêtu d'un magnifique manteau de pourpre et d'hermine.

— Ah, voilà mes sujets !

Il éclate de rire, visiblement fier de sa plaisanterie. Il est si petit que son manteau traîne par terre. Ses épaules carrées sont ornées d'étoiles.

— Approchez-vous pour que je vous voie mieux, dit encore Izar Ier.

Nous obéissons. Il a posé la couronne sur sa tête, elle est trop grande et tombe sur ses yeux, mais ce qu'il lui reste de visage me rappelle quelque chose. Un souvenir. Une impression de déjà-vu que je n'arrive pas à définir.

— Vous avez fait un long voyage, continue le roi. Vous pourriez bâiller... Je n'ai vu personne bâiller depuis des années. Les bâillements sont pour moi des curiosités.

Il éclate encore de rire.

— Je plaisante, mes amis ! Je plaisante. Il faut bien s'amuser entre amis de Saint-Exupéry !

Il désigne les chaises.

— Je vous ordonne de vous asseoir... Ah ah ah, et si vous me demandez, comme il se doit, sur quoi je règne sur cette île, je vous réponds évidemment sur tout !

Nous nous asseyons. Izar Ier prend place sur son trône.

Andie n'a pas spécialement l'air de vouloir continuer de jouer la scène.

— Et si nous parlions du Club 612 ?

Le roi prend un temps de réflexion.

— Bien sûr... C'est ce qui vous amène sur cette île. Je comprends. L'Herminie n'est pas coupée du monde, je suis informé de votre quête. Comment vont Oko, Marie-Swan, Moïsès et Hoshi ? Il y a si longtemps que je les ai vus. Nous nous réunissions souvent, dans mon château. C'est moi qui invitais. Qui hébergeais. Le protocole l'exigeait. Je suis tout de même la première planète visitée par le Petit Prince ! Nous restions dans mon palais pendant quelques jours, avec les membres du Club 612, à discuter du *Petit Prince*, à mettre en commun nos indices, à échafauder toutes les hypothèses. Papa, le fondateur du royaume d'Herminie, aurait été si fier de moi.

Andie l'est moins.

— Nous venons de quitter Moïsès. Lui n'a pas l'air très fier de lui. Il nous a avoué que votre Club 612 n'avait rien trouvé.

Le regard d'Izar se perd aux murs, dans les paysages de dunes et de cratères.

— Au contraire... Les travaux du Club 612 aboutissent à une conclusion précise, une conclusion que la plupart des membres, et Moïsès en particulier, ont eu du mal à admettre. Mais c'est la seule vérité !

— Laquelle ? s'écrie Andie en se redressant d'un bond sur sa chaise.

— Le plus dur est de se juger soi-même, lui répond le roi. Il est bien plus difficile de se juger soi-même que de juger autrui.

La détective stagiaire de la Fox Company plisse à nouveau son visage, du museau aux oreilles, concentrée.

J'aime toujours autant quand mon petit renard se déguise en shar-peï.

— D'accord, Majesté, moi aussi je connais les répliques. Mais quelle est cette vérité ?

— Saint-Exupéry s'est jugé lui-même !

— C'est-à-dire ? s'agace Andie. Soyez plus clair. Nous recherchons une réponse précise. Qui a tué le Petit Prince ? Qui a tué Saint-Exupéry ?

Izar Ier essaye de relever la couronne sur sa tête, elle retombe aussitôt.

— C'est pourtant limpide, clarifie le roi. C'est le Petit Prince qui a tué le Petit Prince, et c'est Saint-Exupéry qui a tué Saint-Exupéry. Saint-Exupéry s'est suicidé, et dans *Le Petit Prince*, il annonce au monde qu'il va se suicider ! Son testament spirituel, c'est son adieu.

— Waouh ! fait simplement Andie. Je peux m'approcher de vous ?

Andie approche sa chaise du trône d'Izar. J'en fais de même en continuant de me concentrer sur le visage de ce roi, sans parvenir à chasser cette troublante impression : j'ai déjà croisé, plusieurs fois, chacune de ces expressions.

Où ? Quand ?

Izar s'enfonce profondément dans son trône, beaucoup trop grand pour lui, avant de commencer son récit.

— Oko, Swan ou Moïsès ne voulaient pas me croire ! Pourtant, tout prouve que Saint-Exupéry, pendant les derniers mois de sa vie, à partir de 1943 et de la publication du *Little Prince*, était profondément déprimé. Il suffit de lire ses dernières lettres pour mesurer sa tristesse sans fond. Il haïssait son époque où *l'homme devient bétail doux, poli et tranquille.* Ses amis de l'Aéropostale sont tous morts en vol. Mermoz, qui effectue son dernier vol, curieusement, le 6-12-1936, et surtout son vieux complice Guillaumet, quelques mois avant le début de l'écriture du *Petit Prince.* Dans les semaines qui précèdent sa disparition, Saint-Ex écrit *ça m'est bien égal d'être tué en guerre. De ce que j'ai aimé, que restera-t-il ?*. À sa maîtresse Nelly de Vogüé, il avoue, entre deux Petits Princes griffonnés, *je voudrais bien me reposer. Être jardinier parmi les légumes. Ou être mort. Je ne peux plus vivre dans cette misère.* À Sylvia Hamilton, en même temps que son manuscrit, il offre un dessin inédit du Petit Prince pendu à une potence plantée dans la Terre ! Il exécute ses dernières missions aériennes militaires, plus dangereuses les unes que les autres, avec désinvolture et détachement. Ses supérieurs veulent l'empêcher de voler, en lui révélant les projets de débarquement en Provence, mais il refuse.

Andie se trémousse sur sa chaise.

— OK, je sais tout ça. Justement, puisque Saint-Ex prenait des risques inconsidérés, il peut avoir été abattu par un avion allemand.

Izar dodeline de la tête, convaincu de sa théorie. Mais nom d'un baobab, où ai-je déjà vu ce regard à la fois sérieux et ironique ? Ces gestes théâtraux et ces froncements de sourcils ?

— Ce serait une bien étrange coïncidence, vous ne trouvez pas, mademoiselle ? Être abattu le jour de son dernier vol, le 31 juillet, sachant que Saint-Ex était au courant que le soir même, les généraux lui interdiraient à jamais de voler. Sans oublier la préméditation, charmante citoyenne, la mise en scène, les deux dernières lettres posées en évidence sur son bureau, comme un testament, alors que sa mission de reconnaissance du 31 juillet était a priori bien moins dangereuse que celles effectuées les semaines précédentes : la lettre à son ami Pierre Dalloz, *quelle solitude spirituelle ! Si je suis descendu, je ne regretterai absolument rien*, et celle à Nelly, *j'ai failli quatre fois y rester. Cela m'est vertigineusement indifférent.* La mort lui est vertigineusement indifférente !

— N'empêche, s'entête Andie. Chercher à se faire tuer, ce n'est pas la même chose que se tuer !

Izar s'agite sur son trône, ravi d'avoir trouvé une compagne de discussion.

— C'est ce que prétendaient aussi Swan et Oko. Et comme par hasard, Saint-Ex aurait croisé son bourreau dans le ciel le jour où il l'espérait ! Et que faire du témoignage de ce pêcheur, en 2004, qui affirme avoir vu, le 31 juillet 1944, à midi, au large de l'île de Riou, un avion s'écraser en mer ? Un avion ressemblant au P-38 de Saint-Exupéry. Un avion seul, qui pique tout droit vers la mer, sans aucun avion allemand autour.

— Je connais ce témoignage. Le pêcheur avait dix-sept ans ! Il a raconté ça soixante ans plus tard...

— Une fois la fameuse gourmette retrouvée... Alors seulement, il a fait le rapprochement. Et douce enfant, que pensez-vous de ce passage des *Mémoires de la rose*, où Consuelo raconte comment, après que son Tonio ait été repêché quasiment mort de son accident d'hydravion en Méditerranée, il lui explique en détail *c'est facile de mourir, de mourir noyé* ?

J'ai l'impression qu'Andie va bouder. Elle croise les bras. Enfin, elle cède.

— OK, Saint-Ex a peut-être tué Saint-Ex ! Mais rien ne dit que le Petit Prince a tué le Petit Prince.

Izar a gagné.

— Si l'on admet que Saint-Exupéry s'est suicidé, alors, il devient évident que le Petit Prince est son double qui l'annonçait. Il demande au serpent de le mordre, comme on s'injecte un poison dans le sang. Vous connaissez chaque mot de ce conte par cœur, mon enfant, mais écoutez plutôt ce passage de ses *Lettres à une inconnue*, écrites en Algérie, en 43, quelques semaines après la parution du *Little Prince*, où il se dessine en Petit Prince, où il ne forme plus qu'un avec son petit héros : *Il n'y a pas de Petit Prince aujourd'hui, ni jamais. Le Petit Prince est mort. Il n'y aura plus de lettre non plus, ni de téléphone, ni de signe. Voilà que je me suis blessé au rosier en cueillant une rose. Le rosier dira : quelle importance avais-je pour vous ? Aucune, rosier, aucune. Rien n'a d'importance dans la vie (même pas la vie). Adieu, rosier.*

Andie semble vaincue par K.-O.

Adieu, rosier...

Izar insiste pourtant.

— *Le Petit Prince n'offre pas de réponse. Saint-Ex ne les a pas trouvées. Il ne les trouvera jamais. Il ira au sacrifice, à la guerre, à la mort, convaincu d'y trouver la réponse qu'il n'y trouve pas.*

Andie ferme les yeux. Elle paraît répéter ces derniers mots dans sa tête.

— Qui a écrit cela ? Vous, Majesté ?

— Non, une amie de Saint-Ex. Anne Morrow Lindbergh. La femme du célèbre aviateur. Elle fut l'une des premières à lire le *Little Prince*...

— Et la première à en deviner le sens !

— Oui. *Le Petit Prince n'est pas un livre pour enfants. C'est le témoignage d'un grand poète face à la solitude de l'univers tout entier.*

— C'est de vous cette fois ?

— Toujours pas... c'est la préface du philosophe Martin Heidegger, pour l'édition allemande en 1949, il affirmait que *Le Petit Prince* était son livre préféré.

La jeune détective sort sa feuille de papier, la pose sur ses genoux, rature la ligne précédente

~~*C'est la rose qui a tué le Petit Prince*~~

et note.

Le Petit Prince a tué le Petit Prince.
Saint-Exupéry a tué Saint-Exupéry.

Izar Ier se lève enfin. Il est vraiment tout petit ! J'ai l'impression qu'il va se prendre les pieds dans son manteau d'hermine.

— Vous devez être épuisés ! Je vais demander à mon majordome de vous conduire à vos chambres. Je vous ai fait préparer la suite royale.

Le roi sonne à une cloche accrochée à un ruban et attend. Personne ! Re-sonne, toujours personne !, re-re-sonne, grogne, puis sort de la salle du trône et ronchonne.

Nous attendons quelques minutes avant que n'entre le majordome, toujours aussi barbu, raide et impeccablement habillé. Un seul détail détonne : il porte sa perruque grise à l'envers !

Immédiatement, mon cerveau reconstitue toutes les pièces du puzzle, le douanier moustachu, le chauffeur aux lunettes de soleil, le majordome barbu, le roi couronné. Tous petits et trapus...

J'ai enfin compris !

Tous ne forment qu'une seule et même personne !

Je me tourne vers Andie pendant que le majordome réajuste ses cheveux. Elle aussi a réalisé,

Izar Ier vit seul sur son île.

Il est l'unique habitant de son royaume de pacotille.

XXIX

Izar, comme chaque soir, fait l'ascension de son donjon. Le sommet de la tour du château est le plus haut de l'île. Parfois, Izar imagine que de là, il aperçoit d'un coup toute la planète et tous les hommes. Sauf que même par grand beau, il n'aperçoit rien que des aiguilles de roc bien aiguisées. Il aime aussi être ici, tout en haut, à cause de l'acoustique.

— Soyez mes amis, dit-il, je suis seul.

— Je suis seul... je suis seul... je suis seul... répond l'écho.

Il sourit. Il soupèse la boîte rectangulaire. Il la trouve si légère.

Club 612, c'est la seule mention de l'expéditeur.

Qui ?

Izar se souvient des jours où ils étaient tous réunis chez lui, en Herminie, un peu comme un État reçoit le G8 ou le G20. Ils étaient le G6... Enfin le G5 plutôt, tous étaient venus, tous sauf le géographe. Lui ne communiquait que par colis ou par courrier.

Il se souvient des heures de discussions autour de leur incroyable passion. Ils avaient réuni tant d'indices, aucune enquête sur aucun meurtre n'avait fait l'objet d'autant d'attention. Ils s'étaient approchés de la vérité. Pas celle officielle qu'il a fournie à ces deux touristes. La vérité cachée.

Ils étaient si près du but. Le géographe avait retrouvé la carte du Turc, Piri Reis, leur avait envoyée, pour excuser son absence. Ils l'avaient étudiée... Peut-être même qu'Hoshi en savait plus qu'il ne voulait en dire, ce cachottier. De tous les cinq, il était le plus proche du géographe. Le seul sans doute à l'avoir rencontré.

Izar avait toujours été jaloux de lui.

Est-ce qu'Hoshi les a trahis ?

Ou ce fourbe d'Oko ? Cette jalouse de Marie-Swan ? Cet ivrogne de Moïsès ?

Ouvrir la boîte ? Enfin, savoir...

Il hésite. Enfin non, il sait déjà. Il ne l'ouvrira que quand les deux touristes seront partis.

Car ils vont repartir, hélas.

Il se penche un peu en haut du donjon, pour mieux apercevoir les rochers aiguisés.

— Soyez mes amis, répète-t-il, je suis seul.

— Je suis seul... je suis seul... je suis seul... répond l'écho.

XXX

— Je peux ouvrir les yeux maintenant ?

— Pas encore, répond Andie, juste un instant.

Elle termine de se préparer, derrière le paravent de la suite royale. Elle choisit avec soin ses couleurs.

— Voilà !

Elle fait valser le paravent. Elle a enfilé une robe rouge de princesse. Elle porte un collier de rubis. Elle a semé des coquelicots dans ses cheveux.

— Je vous plais, Neven ?

— Je... Je...

Je ne trouve pas de mots.

Ondine rit.

— Il faut vous en remettre, mon grand prince. Nous sommes dans un palais. Il faut en profiter. Ça ne dure jamais bien longtemps, les contes de fées. Vous savez ce que Saint-Exupéry écrivait ?

Je ne suis pas sûr de vouloir le savoir.

Ondine me prend la main et m'invite au bord de la fenêtre-vitrail. La vue est superbe sur les vallées noyées par les lochs bleu pétrole. Des réverbères éclairent les sculptures de la cour du château. Nos yeux découvrent un puits, une fontaine, répliques exactes de ceux du *Petit Prince*, puis s'attardent sur la statue d'une jeune princesse, séparée de son prince charmant par la grille d'une prison. Tous les deux observent un oiseau qui s'envole à travers les barreaux.

Aimer, c'est regarder ensemble
dans la même direction.

Andie récite.

Les contes de fées c'est comme ça. Un matin on se réveille. On dit : « Ce n'était qu'un conte de fées... » On sourit de soi. Mais au fond on ne sourit guère. On sait bien que les contes de fées c'est la seule vérité de la vie.

Au loin, sur les confettis d'îles, le soleil se couche.

La main d'Ondine est brûlante et caresse la mienne. Sa tête se pose sur mon épaule. Ses paupières deviennent papillons sous mon menton, ses cils dessinent une moustache autour de mes lèvres. Les siennes murmurent.

— Nous ne faisons que nous apprivoiser.

Je souris, tout en serrant sa main plus fort encore.

— Qui es-tu ? Tu es bien jolie...

— Je suis un renard, dit Ondine. Mais je ne peux pas jouer avec toi. Je ne suis pas apprivoisée.

— Je dois me méfier de vous alors. C'est intelligent un renard.

Ondine me lâche, se tourne vers moi, son petit corps presque collé à mon corps de géant.

— Non, Neven ! Ce n'est pas le texte. Vous deviez dire *que signifie apprivoiser ?*.

Je prends la jeune fille par la taille, sûr de mes mots, moins de mes gestes.

— C'est le texte original de Saint-Exupéry pourtant. Celui que nous avons lu à New York, à la Morgan Library. Le Petit Prince raconte à l'aviateur : *J'ai fait la connaissance d'un renard*. L'aviateur fait alors la moue et dit : *C'est trop intelligent un renard*. La suite est illisible sur le manuscrit... Mais le message originel de Saint-Ex est clair : contrairement à la version que l'on connaît, il faut se méfier des renards !

J'aime le regard d'admiration qu'Ondine pose sur moi.

— Vous vous méfiez de moi ?

Je ne réponds pas. La poitrine d'Ondine frôle la mienne. Elle se tait et me regarde longtemps.

— *S'il te plaît*, dit-elle... *apprivoise-moi !*

J'hésite. Puis je me lance.

— *Si je t'apprivoise je serai pour toujours responsable de toi. On est pour toujours responsable de ce que l'on a apprivoisé. Je suis déjà responsable d'une rose, d'une rose que j'ai apprivoisée*. Une rose qui m'attend et...

Ondine approche ses lèvres de mon oreille, je comprends que je dois me taire.

— Je vais te faire cadeau d'un secret, murmure-t-elle. Je vais te révéler ce que Saint-Exupéry a vraiment écrit dans son conte, je l'ai lu à la Morgan Library. La suite illisible, je l'ai déchiffrée. C'est une tout autre vérité. Répète après moi. *Tu es responsable de ta rose.*

— Je suis responsable de ma rose.

— *Mais c'est peut-être elle qui t'a apprivoisé ?*

— Mais... Mais c'est peut-être elle qui m'a apprivoisé.

— *On ne sait jamais qui apprivoise...*

— On ne... On ne sait jamais qui apprivoise.

Je cherche à me dégager de l'étreinte d'Ondine.

— Saint-Ex a vraiment écrit ça ?

La jeune fille me tient fermement. Je sens son cœur trembler contre le mien.

— Oui... Et cela change toute la morale de son livre, n'est-ce pas ? Quand le renard affirme *on ne sait jamais qui apprivoise*, le Petit Prince se demande alors si ce n'est pas la rose qui en réalité l'a apprivoisé. En est-il responsable dans ce cas ? N'a-t-il pas le droit de la quitter ? N'est-ce pas une morale plus fascinante que celle contenue dans le conte ? La liberté plutôt que la responsabilité ?

— ...

— Tonio était très libre... et fort peu responsable... Cette morale épouse bien davantage sa conception de la vie. Ou de la mort. Souvenez-vous, les esquisses de la Morgan Library, le renard était triste et tenu en laisse par le Petit Prince.

— ...

— Savez-vous ce que signifie *être responsable*, Neven ?

À chaque mot que je prononce, ma poitrine frôle celle d'Ondine.

— Rendre compte de ses actes ?

— Gagné, monsieur l'aviateur. Mais quelle est la nature de ces actes ? Si l'on y réfléchit, *être responsable* signifie bien davantage être à l'origine d'un mal que de protéger celui qu'on aime. Le Petit Prince est responsable de sa rose tout comme une sécheresse est responsable d'une famine, ou un chauffard responsable d'un accident. On n'est jamais responsable d'un bonheur, mais on est responsable d'une souffrance. On n'est jamais responsable d'un rire mais on est responsable d'un chagrin. On n'est jamais responsable d'un coup de foudre, mais on l'est d'une séparation. Répétez après moi, monsieur l'aviateur. *On est responsable de ce que l'on apprivoise.*

— On est responsable de ce que l'on apprivoise.

Elle pose ses lèvres sur les miennes.

— *Mais on ne sait jamais qui apprivoise.*

Je pose mes lèvres sur les siennes.

— Mais on ne sait jamais qui apprivoise.

XXXI

Un bruit nous réveille en sursaut. La télévision face à nous vient de s'allumer !

Nous sautons du lit.

Un journaliste cravaté et très maquillé, qui ressemble à s'y méprendre à Izar Ier, présente le bulletin d'informations.

— Il est 8 heures du matin sur Canal 612. La météo s'annonce clémente sur tout le sud de l'Herminie. Les risques de conflits n'ont par contre jamais été aussi élevés. Le bruit des chenilles résonne jusqu'à nos frontières. Heureusement notre glorieuse armée veille.

L'instant suivant apparaît sur l'écran un général, frère jumeau du roi, du journaliste et de tous les autres Herminiens.

— J'appelle tous les habitants à la plus grande vigilance, scande le militaire dans l'écran. Résistons aux attaques sournoises. À nos portes, on fusille comme on déboise.

Nous nous levons, nous nous habillons, Ondine redevient Andie. Nous rejoignons le roi, sagement assis sur son trône.

— Nous n'avons plus rien à faire ici, dis-je au roi. Nous allons repartir !

— Ne partez pas, répond Izar si fier d'avoir enfin deux sujets.

Andie est mieux réveillée que moi. Ou mes pensées sont plus troublées.

— Si Votre Majesté désirait être obéie, propose Andie, elle pourrait nous donner un ordre raisonnable. Elle pourrait nous ordonner, par exemple, de partir avant une minute. Il me semble que les conditions sont favorables...

Je lis au-dessus de son trône la devise de la nation.

L'autorité repose sur la raison.

— Attendez, dit-il pourtant. J'ai quelque chose à vous donner.

Il se penche vers le mur le plus proche et appuie sur un bouton rouge qui commande un interphone.

— Apportez-moi le fragment, ordonne-t-il au mur de briques.

Il attend, puis il appuie à nouveau sur le bouton, et se fâche contre les briques.

— Qu'est-ce que vous fichez ? Mes ambassadeurs sont pressés !

Il attend encore, puis se décide à se lever de son trône.

— Restez là. Je vais le réveiller.

Il sort. Une minute plus tard, le majordome à perruque grise, coiffé à l'endroit cette fois, entre. Il porte une grande enveloppe blanche qu'il nous remet.

— De la part de Sa Majesté !

— Nous sommes honorés, le remercie Andie en s'inclinant très sérieusement.

Il sort.

Le roi revient. Avant même que nous ayons eu le temps de la décacheter.

— Vous l'ouvrirez dans l'avion. Ce sera plus sage. Hoshi vous expliquera tout. Vous saluerez ce vieil ermite de ma part !

— Voulez-vous que nous lui transmettions un message ?

Le roi ne paraît plus concerné que par sa couronne, qui lui tombe davantage encore sur les yeux que la veille, comme si sa tête avait rapetissé. Il répond avec agacement.

— Vous lui demanderez qui a tué le Petit Prince.

— Quoi ? s'écrie Andie. Je croyais qu'il s'était suicidé !

— Oui... C'est ce qu'on raconte aux touristes. Mais vous n'allez tout de même pas croire à ces sornettes ? Le Petit Prince mérite mieux qu'une fin aussi misérable ! Et un génie comme Saint-Exupéry aussi. Le suicide est un leurre grossier. Pensez-vous que Saint-Exupéry n'ait pas eu une ambition autrement plus importante pour son Petit Prince ? Qu'il ait voulu en faire une étoile filante ? Un vide dans le cosmos ? Saint-Exupéry était beaucoup plus malin que ça !

— Que voulez-vous dire ? demande Andie qui a déjà ressorti sa feuille blanche.

Je ne laisse pas à Izar Ier le temps de développer une nouvelle vérité éphémère.

Ras le bocal des mystères !

J'ouvre l'enveloppe. De la main, je tâte. C'est une carte.

— On y va, fais-je en prenant la main d'Andie.

— Je vous fais mes explorateurs, se hâte de crier le roi alors que nous sortons.

Il a un grand air d'autorité.

XXXII

— Qu'on ne me dérange pas ! ordonne le roi dans les couloirs vides du château.

— Qu'on ne me dérange pas ! Qu'on ne me dérange pas ! répond l'écho.

Izar s'arrête devant la cheminée du grand salon. Le bruit de ses pas sur le parquet continue de résonner derrière lui, comme si une armée arpentait les couloirs.

Il pose la boîte rectangulaire devant le feu. Un instant, il hésite à la jeter dans les flammes. Sans l'ouvrir. Ce serait la meilleure solution. Il ne va pas tomber dans un piège aussi grossier. Il est roi d'Herminie. Cette terre a besoin de lui.

La curiosité est pourtant la plus forte.

Même s'il sait qu'il va s'y brûler.

Comment résister à l'envie d'ouvrir la porte d'un mystère dont il a passé sa vie à chercher la clé ?

Il s'est muni de l'épée du Petit Prince, qu'il porte dans sa main gauche, prêt à frapper.

Avec une infinie précaution, il soulève le couvercle.

Le serpent jaillit et le mord avant que sa lame n'ait bougé.

Il n'y eut rien qu'un éclair jaune près de son cœur.
Il demeura un instant immobile. Il ne cria pas.
Il tomba doucement comme tombe un soldat.
Ça ne fit même pas de bruit, à cause des tapis de soie.

XXXIII

— Tenez les commandes !

— N'importe quoi !

— Tenez les commandes, je vous dis. Il faut que j'appelle chez moi.

— Vous êtes déjà resté au téléphone près d'une heure sur la piste !

— Justement. J'essayais d'appeler. Mais ça ne répondait pas !

— Pourquoi voulez-vous que ça réponde maintenant ?

— Parce que... Parce que quand nous serons en altitude, les communications ne passeront plus, que nous en avons pour dix heures de vol, et que je veux appeler avant chez moi.

— Pourquoi dites-vous chez moi puisque vous n'y êtes pas ?

— Vous voudriez que je dise quoi ?

— Je dois appeler ma femme. Ma rose. Ma Véronique chérie.

— C'est... C'est pour vous que je ne le dis pas.

— Quelle délicate attention, monsieur l'aviateur ! Et redressez le manche ou l'on va s'écraser.

Je range mon téléphone au fond de ma poche, furieux.

Pourquoi Véronique ne répond-elle pas ?

Andie passe une main dans mes cheveux.

— C'est tellement plus facile de se laisser apprivoiser, dit-elle.

Nous traversons une épaisse colonne de fumée noire. Sous le Falcon 900 s'élèvent de hautes flammes.

Le palais d'Herminie est en feu.

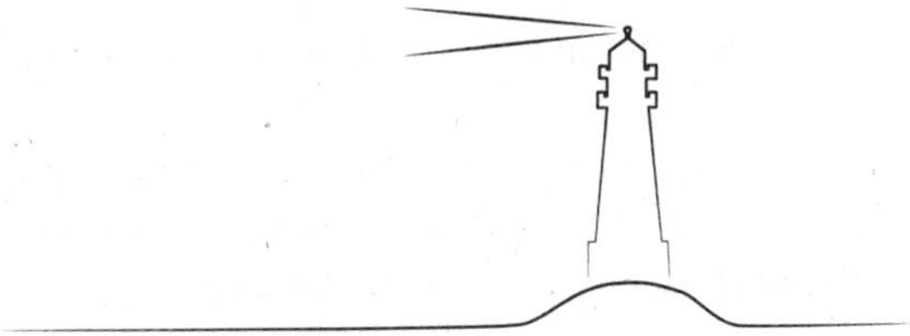

L'île de l'allumeur de réverbères

C'est une occupation très jolie. C'est véritablement utile puisque c'est joli.

L'allumeur de réverbères,
astéroïde 329

Le désert c'est ce que nous apprenions de nous-même.

Terre des hommes

XXXIV

Le Sahara s'étend à perte de vue sous le Falcon 900. L'ombre de notre avion danse sur les dunes.

— *Hoshi*, lit Andie, *phare de Djeddah, Arabie saoudite.* Bizarre, non ? Un nom japonais, *Hoshi*, et une adresse en Arabie ?

— J'espère surtout qu'il habite toujours là-bas ! C'est le dernier nom sur la liste. Ensuite, fin du jeu de piste. Nous n'avons aucun renseignement sur le sixième membre du Club 612... Ce fameux géographe.

Le Falcon 900 dévie légèrement de sa trajectoire. Une turbulence sans importance. Andie m'observe redresser l'avion avec calme.

— J'espère surtout que vous n'allez pas me faire le coup de la panne !

— Dans le désert... Ce serait très saint-exupérien, non ? (Je contrôle une nouvelle secousse.) D'ailleurs je me pose une question, mon incollable, pourquoi le désert est-il aussi indispensable à Saint-Ex et à son Petit Prince ?

Andie observe l'océan de sable, on ne distingue pas la moindre trace de vie, pas même une fleur de rien du tout à trois pétales.

— *Le sable qui vous sépare de l'oasis est pelouse de conte de fées*.

Le regard d'Andie rebondit sur les dunes.

— Très joli ! Une nouvelle citation du *Petit Prince* oubliée ?

Andie se tourne vers moi, comme si elle émergeait d'une brève méditation.

— Non, celle-ci est tirée de la fameuse *Lettre à un otage*, le texte jumeau du *Petit Prince*, écrit et publié quasiment en même temps. Et pour vous répondre, mon aviateur, le récit du *Petit Prince* est directement inspiré d'un accident réel, déjà raconté dans *Terre des hommes* : Saint-Ex est vraiment tombé en panne en plein désert et a failli y mourir...

Du sable, du sable, du sable à l'infini.

— Mais son amour du désert est bien plus ancien, poursuit Andie. Jeune pilote, Saint-Ex fut affecté à Cap Juby, au sud du Maroc, dans le Sahara espagnol, face aux Canaries. Il y restera en poste dix-huit mois, et ça le marquera à vie ! Dès lors, il ne cessera de parler du désert de l'homme et de la plus belle quête spirituelle qui soit : la lente marche de la soif.

Au-dessous de nous, aucune oasis, aucun puits, aucune vie. Saint-Ex avait raison, la planète est déserte, l'humanité s'entasse dans quelques villes. Si un extraterrestre nous observait du fond de la galaxie, il pourrait croire la terre inhabitée, comme le Petit Prince tombé du ciel qui se demande où sont les hommes, sans racines, que le vent promène.

— Personne à l'horizon, dis-je. Nous sommes à mille milles de toute terre habitée !

Un vieux souvenir. Andie apprécie :

— Bien vu ! Savez-vous que Saint-Ex emploie cinq fois cette expression dans *Le Petit Prince* ? *Mille milles de toute terre habitée*. Encore un autre mystère. Pourquoi Saint-Ex insiste-t-il autant sur cette expression, lui qui se relisait des dizaines de fois, raturait, traquait méticuleusement toute répétition ?

Un silence.

Andie le respecte, quelques secondes, puis le trahit.

— Le désert est beau, dit-elle.

— ...

— Saint-Ex l'écrit dans *Le Petit Prince*. *Le désert est beau. On s'assoit sur une dune de sable. On ne voit rien. On n'entend rien. Et cependant quelque chose rayonne en silence.* Neven, savez-vous que pour

Saint-Ex, aucun silence ne ressemble à un autre ? Il a même dressé la liste de ses silences préférés.

J'en sauve un, quelques secondes, avant de le profaner.

— Et vous ? Quel est le vôtre ? Votre préféré ?

Andie répond sans hésiter.

— *Le silence mélancolique*, celui qu'on entend, *si l'on se souvient de qui l'on aime.*

Elle pose un bisou sur mon cou. J'en frissonne. Je pense au téléphone dans ma poche. Nous sommes à mille milles de tout point connecté.

— Dites-moi, Andie, à votre avis, que cherchait Saint-Ex dans le désert ? Une vérité ? Une réponse ?... Dieu ?

Andie m'offre un sourire d'ange.

— Le jeune Antoine a été élevé dans une famille très catholique, mais il était trop libre pour s'enfermer dans le dogme d'une religion. Il cherchait la sienne, sa propre voie, sa propre foi. Saint-Ex a souvent écrit que dans la solitude du désert, ou seul aux commandes de son avion, il était en quête de spiritualité... mais il ne l'a pas rencontrée.

— Jamais ?

— À la fin de sa vie peut-être. Peu avant sa disparition, Saint-Ex parlait de ce qu'il appelait la *tentation de Solesmes*, devenir moine, se retirer de tout... Son livre posthume, *Citadelle*, est truffé de prières, de références à Dieu, même s'il ne voit son Dieu que dans les paysages, les chefs-d'œuvre des hommes ou les larmes d'enfants. Saint-Ex était un étrange archange laïc... (Andie laisse filer un silence poétique.) Tout comme *Le Petit Prince* est une étrange bible laïque.

Laïque ?

Mouais...

Je fais la moue. Saint-Ex, priez pour nous.

— Le Petit Prince qui meurt sans vraiment mourir pour rejoindre le ciel, c'est un peu plagié sur l'histoire du Petit Jésus, non ?

Andie ne se vexe pas. Au contraire.

— Ah çà, *Le Petit Prince* ne manque pas de références religieuses... L'étoile... Le mouton... Le désert...

— Et le serpent !

— Oui ! Le premier boa dessiné par Saint-Ex ressemble à s'y méprendre au serpent du jardin d'Eden peint par Michel-Ange dans la chapelle Sixtine. Sans oublier la rose, bien entendu, le symbole mystique par excellence, le symbole du paradis chez les chrétiens.

— Si la rose est le paradis, c'est curieux, non, de demander à un serpent de l'y ramener ?

Andie affiche ce sourire triomphant que j'aime et déteste tout autant.

— Sauf que dans le manuscrit original rédigé par Saint-Ex, celui jamais publié, le Petit Prince dit au serpent qu'il ressemble à un bracelet d'or. *Eh eh*, répond le serpent, *je suis un anneau de mariage. De mariage avec qui ?* demande le Petit Prince. *Avec les étoiles !* répond le serpent.

Je trouve toujours aussi incroyable la façon dont ces versions non publiées du *Petit Prince* modifient le sens du conte. Je m'interroge.

Que signifie un mariage avec les étoiles ? L'amour ? La mort ?

Et un mariage avec une rose ?

Je laisse passer un bref silence romantique... avant de le briser.

— En fin de compte, il n'y a qu'un seul élément non religieux dans *Le Petit Prince*... Le renard !

Andie se fait coquine. Elle pose sa main sur ma jambe.

— Aucun lien avec Dieu, je vous l'accorde. Mais il est très lié au désert ! Dans *Terre des hommes*, Saint-Ex parle d'un fennec qu'il a apprivoisé à Cap Juby, qu'il appelle mon petit renard... Tout le monde admet que son inspiration vient de là.

Sa main caresse plus fort encore ma jambe, à la limite de la pincer.

— Alors monsieur l'aviateur, vous pouvez les remballer, vos soupçons sur les renards-goupils menteurs, rusés et trop intelligents !

Elle me pince finalement. L'avion fait un bond.

Mon si joli petit fennec éclate de rire, avant de poser un baiser sur mon nez.

XXXV

Hoshi a dix-neuf ans, dont trois d'avance. Hoshi est brillant. Son nom signifie étoile.

Il a toujours été le meilleur à l'école, il gravit les classes comme d'autres les marches, deux par deux. Il a été admis dans les meilleures écoles, et à chaque fois en est sorti le meilleur.

Il a beaucoup travaillé pour cela. Plus qu'un autre. Tout le monde lui a répété, ses parents, ses professeurs :

chacun possède un talent à cultiver ; plus on a de talent, plus on doit le cultiver. Un don est une responsabilité. La fille jolie doit se maquiller, l'athlète doit s'entraîner, l'artiste doit créer, le génie doit inventer.

À peine majeur, Hoshi sort major de la Graduate School des Sciences de Pointe de l'Université de Tokyo. Il est considéré comme un des plus grands spécialistes de l'énergie, celle produite par le nucléaire, mais aussi par la chaleur du soleil, la force du vent, la fusion des étoiles ou la lave des volcans.

Hoshi n'a pas le temps de s'amuser. Ou quand il se l'autorise, un soir par semaine, il boit beaucoup, tombe telle une masse, et se lève tôt pour retravailler le lendemain matin.

Hoshi suit un avenir tout tracé. Plusieurs grandes entreprises lui font des propositions à la hauteur de ses ambitions. Hoshi ne se pose pas de questions. Il sera bien payé. Il pourra bien se marier. Même s'il a parfois le sentiment de ressentir des sentiments que personne d'autre ne ressent.

Ce matin-là, Hoshi va passer un entretien d'embauche, à Matsue, dans l'ouest du Japon, un contrat plus précieux qu'un rubis qui le mettra à l'abri jusqu'à la fin de sa vie. Il est en avance, Hoshi est toujours en avance, quand sa voiture tombe en panne, entre Toyooka et Yonago.

Impossible de redémarrer. Il sort, marche droit devant lui, franchit le petit talus de sable au bord de la route pour aller chercher de l'aide.

Hoshi découvrira plus tard qu'il vient d'entrer dans les dunes de Tottori, cet étrange désert japonais, de seize kilomètres de large, aux dunes parfois si hautes qu'il est aisé de s'y perdre, surtout quand le vent menace de se lever.

Ce jour-là, le vent se lève.

Hoshi erre, des heures, perdu. Soudain il n'en croit pas ses yeux. À travers la tempête, il aperçoit des silhouettes étranges et immobiles. Un renard. Un petit garçon. Un avion.

Hoshi apprendra plus tard que des artistes érigent des statues de sable dans les dunes de Tottori. Un éphémère musée en plein air. Pour l'instant, Hoshi reste émerveillé par ces formes poudrées d'or.

Près de la sculpture de l'avion, un livre est posé. Un vrai livre.

Bien entendu, comme tous les Japonais, Hoshi a entendu parler du *Petit Prince*, ce conte traduit ici par *Le Petit Homme venu du ciel*, pour ne pas vexer la famille impériale. Il sait qu'on a consacré à ce livre et son auteur français un musée, à Hakone, qu'on y a reconstitué une rue de Lyon, la ville natale de l'auteur, une roseraie, le château de sa jeunesse. Il se souvient aussi du dessin animé de son enfance, un héros qui ressemblait tant au Petit Prince et descendait sur Terre pour aider les hommes accompagnés de son oiseau Swifty.

Mais jamais il n'avait ouvert ce livre.

Hoshi s'assoit et commence sa lecture.

Bizarrement, plus rien ne compte, ni sa voiture en panne, ni son rendez-vous pour être à l'abri jusqu'à la fin de sa vie, ni le vent qui souffle et arrache les poils de sable du renard, les pétales des roses, l'écharpe du

Petit Prince... avant que les personnages ne partent en poussière.

Hoshi lit et il comprend.

Il comprend que ce petit désert ne lui suffit pas.

Le lendemain, il prend un avion pour Tarfaya.

Il restera dix-huit mois dans le Sahara.

Il travaillera un peu, dans des oasis, dans des villes fantômes qui naissent et meurent au gré de ce que l'on trouve sous le sable, de l'or, de l'uranium, du pétrole.

Un jour, à Port-Soudan, il discute avec un chef de clan. Il se confie, parle de sa vie d'avant, de sa formation d'ingénieur. Le chef l'écoute, puis lui désigne un point invisible de l'autre côté de la mer.

Ils cherchent quelqu'un là-bas, sur une des îles artificielles de la mer Rouge, pour réparer et entretenir le plus grand phare du monde : le phare de Djeddah.

Celui qui éclaire, aux portes du désert, la route de mille millions de pèlerins.

XXXVI

L'ascenseur met exactement cinquante-trois secondes pour atteindre le sommet du plus haut phare du monde. Un temps d'ascension dérisoire comparé aux heures passées à patienter pour entrer à Djeddah, au milieu des militaires, des douaniers, des policiers, des religieux. Un univers aéroportuaire ordinaire. Retour à la termitière !

Retour à la vie ordinaire ?

Ordinaire ?

Est-ce ordinaire de grimper dans le plus haut phare du monde, à la porte d'un pays où les femmes portent le voile intégral (Andie aussi !), au pied de paquebots déchargeant par containers des pèlerins en direction du désert ?

La folie du monde est-elle devenue ordinaire ?

L'ascenseur s'ouvre sur la cabine, toute ronde, du phare blanc. La vue s'étend à trois cent soixante degrés sur la digue artificielle qui s'avance dans la mer Rouge, noire ce soir, sur les bateaux et sur les quais pris d'assaut, sur les convois de voitures, camions et bus qui filent vers La Mecque, à moins de quatre-vingts kilomètres.

Hoshi nous attend. Il remonte les petites lunettes posées au bout de son nez, juste au-dessus de son crâne rasé de moine japonais. Perché en haut de son phare, il ressemble à un scientifique observant au microscope un monde en miniature. Ma première impression est qu'il est le premier membre du Club 612 à ne présenter aucun signe de folie. Le gardien du phare désigne le voile d'Andie.

— Retirez-moi tout ça. Ici, c'est chez moi. Personne ne vous embêtera.

Il nous invite, dans un mélange exquis d'hospitalité moyen-orientale et asiatique, à déguster quelques pâtisseries étalées devant lui.

— Servez-vous, je vous en prie.

Alors qu'Andie, gourmande, se jette sur les cornes de gazelle, Hoshi garde les yeux baissés sur les quais, cent quarante mètres sous lui, et appuie sur un bouton vert.

Nous racontons notre périple, nos escales à Manhattan, au Salvador, aux Orcades, Hoshi écoute avec attention, sans cesser cependant de surveiller les quais. Il n'a apparemment reçu aucune nouvelle d'Oko, Swan, Moïsès et Izar depuis des années.

Il appuie sur un bouton rouge.

Nous enchaînons en développant nos hypothèses (Andie sort sa feuille blanche raturée). Saint-Exupéry qui tue l'enfant en lui,

le crime passionnel d'une rose,

le suicide...

Hoshi écoute toujours en silence et sourit. Impassible comme un juge incorruptible.

Puis il appuie sur un bouton vert. Trois fois.

Le phare de Djeddah brille comme jamais.

Sans prendre le temps d'avaler sa dernière corne de gazelle, Andie l'interpelle.

— Qu'est-ce que vous fabriquez avec vos boutons ? Vous appelez la police secrète saoudienne ?

Hoshi se contente d'observer la mer sombre devant lui.

— Certaines nuits, dit-il, on peut apercevoir le phare de Djeddah depuis la côte africaine, au Soudan, en Égypte, en Érythrée, à plus de deux cents kilomètres d'ici. Savez-vous pourquoi ?

Il appuie sur un bouton rouge. Deux fois. Andie ne répond pas. Pas plus que moi.

— Ce ne sont pas des ampoules qui éclairent le phare, explique Hoshi. Ce sont des flammes.

— ...

— Des milliers de flammes.

— Je... Je ne comprends pas, bafouille Andie.

— Il n'y a rien à comprendre, c'est la consigne. Chaque flamme représente un pèlerin entrant par la mer. D'ici, je les dénombre parfaitement.

Je me penche et distingue devant le poste de douane, même à cette heure tardive, la longue file de voyageurs qui patientent.

— Quand l'un d'entre eux entre en Arabie, j'allume une flamme. Le bouton vert. Quand l'un d'eux sort, j'en éteins une. Le bouton rouge.

Hoshi plisse ses yeux bridés, réajuste ses lunettes sur son nez, et lit de tout petits chiffres sur un cadran.

— Actuellement, quarante-quatre mille cent dix-huit flammes sont allumées. Cela représente le nombre de pèlerins sur ce lieu saint. J'allume et j'éteins les flammes toute la nuit, jusqu'à ce que le soleil se lève.

Hoshi appuie sur le bouton vert.

— Une nuit d'été, le phare a brillé de plus de cent mille bougies, on l'a vu jusqu'à Alexandrie.

Andie ne commente pas, elle avale en une seule bouchée un baklava.

Je révise ma première impression. Ce membre du Club 612 se comporte de façon aussi absurde que les quatre autres... Mais il est le seul qui ne m'apparaît pas ridicule. Parce qu'il s'occupe d'autre chose que de lui-même ?

Hoshi appuie encore sur le bouton vert, puis dit :

— Savez-vous ce qui m'a séduit chez Saint-Exupéry ?

— ...

— Son talent d'écrivain bien entendu, son destin d'aventurier aussi... Mais surtout, ce qui m'a séduit, c'est son sens du devoir !

Andie gobe une dernière pâtisserie et s'approche. Enfin intéressée.

— À force de se pencher sur le mystère Saint-Exupéry, continue Hoshi, à force de vouloir chercher les épines que les roses ont plantées dans son cœur, à force de se poser mille questions existentielles sur sa mélancolie, on a oublié l'essentiel : Saint-Exupéry était un homme de devoir !

Hoshi jette un bref regard sur la feuille d'Andie, sur laquelle elle a consigné la théorie du roi d'Herminie.

Le Petit Prince a tué le Petit Prince.
Saint-Exupéry a tué Saint-Exupéry.

— Izar se trompe, affirme le gardien de phare en haussant presque imperceptiblement les épaules. Saint-Exupéry n'est pas retourné à la guerre pour mourir. Encore moins pour tuer l'enfant en lui. Ou pour se tuer. Saint-Exupéry est retourné à la guerre pour une raison toute simple.

Bouton rouge. Trois fois.

— Laquelle ? s'agace Andie.

Deux flammes s'allument dans les yeux d'Hoshi, à en chauffer à blanc les verres de ses lunettes.

— Combattre les nazis ! Qu'est-ce que vous croyez ? Qu'il allait se dégonfler ? Laisser les salauds gagner ? Même si la termitière l'effraie, il doit assumer sa part...

Bouton vert. Trois fois aussi.

Le regard d'Hoshi continue d'incendier Andie.

— Ça vous déçoit ?

— Non.

— Vous ne me croyez pas ?

— Si... (Elle réfléchit.) Si... Parce que Saint-Ex l'a si souvent écrit... *Je suis solidaire de tous les hommes. Aimer, c'est participer.*

— *Je ne puis pas ne pas participer*, poursuit Hoshi. *Ceux qui ont une valeur, s'ils sont le sel de la terre, alors ils doivent se mêler à la terre.*

Andie sourit.

— *Lettre à un Américain*, printemps 44. *Tout homme a le droit d'habiter libre son pays.* Oui, je vous crois, Hoshi. Saint-Ex ne se posait pas d'autres questions que l'action. Mais... (Son regard pétille à nouveau, défiant le gardien du phare.) Mais ça ne change rien au fond... Saint-Ex, le 31 juillet 44, effectuait sa dernière mission. Trop vieux pour piloter, a décidé l'état-major ! Il avait quarante-quatre ans, bien plus que n'importe quel autre pilote. On l'obligeait à se retirer de l'action. Il avait fait son devoir. Place au désespoir. Saint-Exupéry pouvait désormais tuer Saint-Exupéry.

Bouton vert. Une fois.

Hoshi ne se laisse pas impressionner.

— Saint-Exupéry appliquait la consigne. En bon soldat. S'il avait dû se suicider, il ne l'aurait pas fait en vol, pas en sacrifiant un bombardier P-38 si précieux pour ses camarades, et encore moins en sabotant la mission de reconnaissance qu'on lui avait confiée, quinze jours avant le débarquement en Provence.

Andie paraît déstabilisée par l'argument. Je devine qu'elle partage avec Hoshi cette adoration pour Saint-Exupéry. Le regard admiratif que pose Andie sur Hoshi m'énerve, et plus encore celui d'Hoshi sur Andie.

Un regard de vieux prof aigri sur sa jolie bachelière.

Pour une fois, je renonce à me taire.

— Eh bien moi, osé-je lancer, il a plutôt tendance à m'énerver, votre archange du devoir. Le Saint des Saints, Ex ou pas. L'aviateur sans peur, le héros de guerre qui se sacrifie, mais sans oublier de délivrer son message de paix, qui disparaît en nous collant son Petit Prince dans les pattes, qui nous fait la morale, qui aime les hommes, oh oui, qui les aime tant, mais qui déteste leur médiocrité. Mais les aime-t-il alors ? Les aime-t-il vraiment ?

Andie et Hoshi me regardent, consternés.

Je me sens motivé. Je puise dans ce que j'ai lu et écouté depuis trois jours.

— Et comment voulez-vous vous y retrouver ? Vous me dites que Saint-Ex est à la fois laïc, mais aussi catholique. Il était bienveillant avec les marxistes, sans condamner Pétain, considéré par les uns comme sympathisant de Vichy, par les autres comme ennemi de la France nouvelle, fâché avec de Gaulle, mais ami des résistants maquisards...

Bouton vert. Sept fois. Toute une famille.

Hoshi me lance un regard bienveillant.

— Vous avez raison, Neven. C'est la contradiction fondamentale qui nourrit la morale de Saint-Exupéry. Il dénonce la médiocrité de chaque individu, mais celle-ci ne peut être rachetée que par la noblesse de l'humanité. Peu importe nos pensées misérables. Seul compte le devoir. On connaît aujourd'hui par ses confessions le Saint-Exupéry désespéré, par ses lettres intimes le Saint-Exupéry volage, on connaît si bien chacune de ses pensées secrètes qu'on en oublierait celui qu'il était, pour les autres, celui qu'il voulait montrer, aux autres, un homme drôle, charmeur, discutant de tout et surtout, ne se lamentant pas... agissant ! Un homme d'honneur et d'action.

Andie s'impatiente. Je sens qu'elle brûle de couper la parole au vieux gardien de phare japonais.

Elle profite d'un microsilence pour crier :

— Et alors, qui a tué Saint-Ex ?

J'apprécie son insolence.

Bouton rouge.

— Le monde, répond Hoshi sans quitter des yeux le quai qui commence petit à petit à se vider. Tout le monde. Le monde qui l'entourait. Saint-Exupéry était trop pur pour un monde si violent. Vous souvenez-vous, Andie, de ce qu'il écrivait, dans la dernière lettre envoyée à Sylvia Hamilton, la gardienne du manuscrit original du *Petit Prince*, quelques jours avant sa mort ?

Andie récite sans hésiter.

— *Aujourd'hui, je suis bien content de pouvoir attester, en engageant ma chair jusqu'à la moelle, que je suis pur. On ne signe qu'avec son sang.*

— On ne signe qu'avec son sang, répète Hoshi. Quel parallèle avec le Petit Prince, pur et innocent, et qui pourtant doit mourir. Saint-Ex, comme le Petit Prince, a été tué par chaque individu égoïste habitant la Terre, chaque habitant absurde de chacune des planètes.

— Mouais, admet mollement Andie.

Je jubile. Je la suis ! L'explication du bonze chauve me semble sacrément tirée par les cheveux !

— D'accord, insiste Hoshi avec un sourire de pédagogue patient et sûr de lui, je vais vous expliquer autrement. Vous et Neven menez une enquête sur un double meurtre, celui de Saint-Exupéry et du

Petit Prince, comme si vous étiez les détectives d'un roman policier. Alors raisonnons comme la reine des romans policiers, Agatha Christie. Une contemporaine de Saint-Exupéry, qu'il a sans doute lue. Votre première hypothèse, souvenez-vous, c'est que le narrateur, c'est-à-dire l'aviateur, c'est-à-dire Saint-Exupéry, est le tueur... C'est le grand principe du *Meurtre de Roger Ackroyd* ! Votre deuxième hypothèse, c'est un crime passionnel déguisé : l'astuce de *Mort sur le Nil*. Troisième hypothèse, un suicide maquillé en crime, ou un crime maquillé en suicide : l'idée géniale de *Dix petits nègres* !

Je m'interroge, un peu sceptique. Tous les classiques de la reine du crime réunis dans un conte pour enfants ?

— Et une dernière hypothèse surtout, ajoute Hoshi. La quatrième. Il n'y a pas un seul coupable mais plusieurs. Tous les habitants de toutes les planètes ! C'est la résolution fantastique du *Crime de l'Orient-Express* ! Le monde entier condamne un homme qui lui est inadapté. Saint-Ex a été abattu. Le Petit Prince a été mordu. Aucun coupable. Et tous le sont.

Bouton rouge. Huit fois.

Comme si Hoshi voulait plonger le phare dans le noir.

Andie est restée bouche bée, hypnotisée par la démonstration.

Comme toutes les autres fois, pensé-je sans rien laisser deviner de ma circonspection.

Andie parvient à refermer la bouche, puis à l'ouvrir, pour parler.

— Donc, si je vous suis, Saint-Exupéry serait bien mort pour la France. Sans même savoir si elle serait libérée. Comme le Petit Prince est mort pour sa rose, sans même savoir si elle serait sauvée. Il a été abattu par un aviateur allemand. La version de ce Horst Rippert serait la bonne quand il raconte qu'il a tiré sur les ailes du P-38 de Saint-Exupéry, ce soldat qui avait lu tout Saint-Exupéry, qui abattait les avions ennemis, près de trente au total, proprement, sans tuer le pilote, en leur laissant le temps de s'éjecter...

Hoshi hoche la tête en signe de confirmation.

Bouton rouge, encore.

— Sauf que selon son témoignage, précise-t-il, lorsqu'il a tiré sur les ailes du P-38 de Saint-Exupéry, au-dessus de l'île de Riou, et que celui-ci a piqué en chandelle, personne n'a sauté de l'avion...

Andie saisit à nouveau sa feuille blanche et commence à écrire.

C'est Horst Rippert qui a tué Saint-Exupéry.
Ce sont les habitants des planètes
qui ont tué le Petit Prince : le businessman,
la vaniteuse, le buveur, le roi...

Quelque chose en moi me pousse à ne rien croire de cette histoire... À chaque nouvelle île, chaque membre du Club 612 nous a servi une nouvelle version, à chaque fois aussi fausse que la précédente. Andie n'en a pas assez de raturer sa feuille de papier ?

Je me place entre le gardien de phare et les grandes baies vitrées.

— Ah oui ? Je croyais que le témoignage de ce pilote n'était pas digne de foi ? Excusez-moi, Hoshi, mais la fable « tous coupables, donc personne ne l'est », j'ai un peu de mal à l'avaler ! Ça ressemble plutôt à une tentative désespérée pour dissimuler le véritable meurtrier...

Hoshi me fixe longuement. Je crois que je l'ai épaté.

Il appuie sur le bouton rouge. Trois fois.

J'enfonce le clou.

— Je crois que vous nous cachez autre chose.

Andie en est restée le crayon en l'air. L'air sévère.

Les yeux d'Hoshi se baissent sur son cadran.

Quarante-trois mille six cent douze pèlerins.

— Il se fait tôt, se contente-t-il de dire. Le jour va se lever, je dois aller me coucher. C'est la consigne. Je vous ai réservé un zaroug dans le port. Vous pourrez y dormir tous les deux.

Andie me prend la main.

Je décide de ne pas insister. J'ai hâte qu'Andie redevienne Ondine.

À l'instant même où l'ascenseur s'ouvre, le gardien de phare se tourne vers nous.

— Vous avez raison, Neven. Je vous ai menti.

— ...

— Revenez demain. Revenez tous les deux. Je vous révélerai toute la vérité.

— ...

— L'avion de Saint-Exupéry a été saboté. On a voulu le faire taire. Il a été assassiné !

XXXVII

Hoshi suit des yeux les deux détectives, en bas du phare, deux fourmis. Ils marchent le long du port, vers les anneaux des boutres, les voiliers des pêcheurs de la mer Rouge. Leur zaroug se situe un peu plus loin. Il est le plus petit et le plus rapide des boutres. L'embarcation des pirates et des contrebandiers. Rapidement, Hoshi les perd de vue. Un cargo vient d'accoster, chargé de pèlerins. Des milliers.

Que cherchent-ils ?

Prier, seuls, dans un désert, sous une étoile, tournés vers le phare, ne leur suffit pas ?

Hoshi se tourne vers la vitre opposée.

Dans l'immeuble face à lui, un couple s'endort devant la télévision.

Aimer, c'est regarder ensemble
dans la même direction.

Hoshi tire la boîte rectangulaire cachée sous la table.

Il hésite. À l'ouvrir.

Ou à la ranger.

Il repense aux confidences du géographe.

Que sont devenus Oko, Swan, Moïsès, Izar ?

Il n'a pas osé vérifier.

C'est le moment. Il doit savoir, avant que les deux détectives envoyés par Oko ne reviennent, avant qu'il ne leur livre l'ultime vérité.

Le gardien du phare allume son ordinateur, se connecte à Internet et en quelques clics, découvre :

les photos des débris d'un yacht, après son explosion sur les rochers de l'île de Riou, à la une de *La Provence* ;

un simple entrefilet en page 10 du *New York Times*, commentant la photo choc d'un fauteuil roulant encastré dans le toit d'une Cadillac ;

une image qui fait le tour de tous les réseaux sociaux de la planète, près d'un milliard de vues, le remplissage de la plus grande piscine de la planète, et cette rumeur à laquelle personne ne croit : pour économiser du temps et de l'argent, comme quand un barrage engloutit un village, on aurait enchaîné au fond de l'eau les cabanes, les tables, les chaises, et même l'ivrogne du coin ;

une vidéo, filmée par drone, sur BBC Scotland, le château de l'île d'Herminie, seulement habitée par un vieil excentrique et plusieurs centaines de moutons, entièrement calciné !

Hoshi se tourne à nouveau vers la mer. Il attend que le rayon du phare balaye le quai pour retrouver la trace des deux enquêteurs, devant le zaroug à voile rouge. Andie doit être dans la cale. Neven se tient seul sur le quai. Comme s'il fumait. Ou téléphonait.

Hoshi hésite encore, saisit la boîte, puis décide de la ranger dans l'armoire face à lui, sur l'étagère où sont rangées deux autres boîtes, rectangulaires, avec leurs trois trous alignés sur le côté. Toutes strictement identiques.

Hoshi sourit.

Il n'en avait pas besoin d'autant. Le géographe lui en a livré trop.

Son regard détaille les boîtes blanches, suit les lignes vierges où n'est inscrite aucune adresse.

À qui envoyer la prochaine ?

Pourquoi pas à cette jolie Andie ?

Après tout, cette petite curieuse mérite bien d'entrer au Club 612.

XXXVIII

— Tu es où ?

— C'est la dernière étape, ma chérie, après je rentre... promis.

— ...

— Tu ne dis rien ? Tu vas bien ?

— Non !

— Pourquoi ?

— ...

— Ma chérie. Véronique. Tu me manques.

— Tu me mens...

— Quoi ? Pourquoi dis-tu cela ?

— Parce que je ne te manque pas. Parce que tu aimes voler, c'est toute ta vie. Parce que si tu rentres, voler te manquera plus que je ne te manquais quand tu volais. Parce que loin de moi, tu découvres d'autres planètes... parce qu'il y a bien d'autres Véronique semblables.

— Ne dis pas ça... Pourquoi dis-tu ça ?

— Je ne te retiens pas. Je ne te fais aucun reproche... Je t'aime, mais tu es libre de voler. Tu es libre parce que je t'aime.

— Mais tu es triste ?

— Tu veux le savoir ? À quoi cela te servira, tu seras triste aussi alors ?

— Mais tu es triste ?

— Bien sûr, triste à en pleurer. À regarder le ciel vide. À en désespérer. Peu importe, puisque je ne veux que ton bonheur, et que ton bonheur c'est le ciel. Une autre vie. Une autre terre. Une autre Véronique.

— Je serai triste aussi...

— Oui, c'est le prix à payer, le prix de la liberté.

— Je vais bientôt rentrer.

— Non... Ne rentre pas pour me consoler. Je n'ai pas besoin d'être consolée, tu sais. Je suis bien, la place de ton assiette est là, à côté de moi. Je l'ai débarrassée. Je la préfère vide avec toi dans mes pensées, que toi ici, et ailleurs en pensées.

— Je vais rentrer, je te promets.

— Il te faudra mourir pour cela, mourir un peu. Je ne veux pas que tu meures, Neven, même un petit peu.

XXXIX

Le soleil tangue, il me réveille. Je regarde par le hublot du zaroug, juste au-dessus de la ligne de flottaison troublée. Un immense cargo vient d'entrer dans la rade, des milliers de pèlerins en descendent.

Ondine dort pourtant à poings fermés sur le futon posé au fond de la cale. Allongée sur le côté. Mes yeux se perdent sur les dunes et les vallées dorées, le puits, l'oasis, sa peau de coco et ses cheveux feuilles de palmier.

Ondine n'est pas une rose semblable. Ondine n'est pas capricieuse. Ondine n'est pas orgueilleuse. Ondine n'est pas frileuse.

Ondine m'a-t-elle apprivoisé ?

Suis-je désormais responsable de ce petit renard ?

Comme si elle sentait le poids de mon regard, Ondine s'étire, sans même prendre le temps de tirer le drap sur elle.

— Ah ! Je me réveille à peine... Je vous demande pardon... Je suis encore toute décoiffée...

Je ne peux contenir mon admiration.

Ondine file se doucher. Andie ressort, lavée, habillée, pressée, à peine le temps de prendre un petit déjeuner, et m'entraîne sur les quais. Nous nous frayons un chemin parmi la foule, jusqu'au phare. Andie insiste pour monter à pied. Plusieurs centaines de marches. Nous parvenons à la vigie, essoufflés.

Hoshi nous attend devant ses cadrans, crâne rasé et lunettes au bout du nez, comme s'il n'avait pas bougé depuis que nous l'avons quitté. Andie ne lui laisse pas le temps de respirer.

— Qui ? Qui a saboté l'avion de Saint-Ex ? Qui a voulu le faire taire ? Qui l'a assassiné ?

Hoshi a l'air plus détendu qu'hier. Peut-être parce que le matin, le phare est éteint et qu'il n'a pas à compter les pèlerins.

— Faire taire Saint-Exupéry ? Son avion saboté ? (Hoshi réfléchit.) Oh, c'est une vieille hypothèse farfelue... Je vous ai intrigués avec cette théorie hier pour être certain que vous reveniez me rendre visite...

— Allez-y, s'agace Andie.

— Saint-Exupéry était un des rares intellectuels à s'opposer frontalement à de Gaulle. Fin juillet 44, la victoire des Alliés ne faisait plus aucun doute, ni l'épuration politique qui suivrait... Saint-Exupéry était influent, gênant, incontrôlable... Les gaullistes le haïssaient. Après la guerre, l'hypothèse qu'il ait pu être éliminé a été l'une des premières pistes suivies par les enquêteurs. Des amis haut placés de Saint-Exupéry, le général Odic et le commandant Martin, pensaient sérieusement que Saint-Exupéry était menacé, et voulaient le mettre en garde...

— Ils ne l'ont pas fait ?

— Saint-Exupéry devait dîner avec eux... le soir du 31 juillet 44 !

Andie étouffe un cri.

La coïncidence paraît presque irréelle.

— D'ailleurs, ajoute Hoshi, ce matin-là, Saint-Exupéry n'aurait jamais dû partir en mission. Il était treizième et dernier sur la liste des pilotes français mobilisables. Personne n'est capable d'expliquer pourquoi son nom, le 30 juillet au soir, est apparu en premier...

Andie se ratatine, déconcertée, prostrée.

Je ne vais pas laisser ma petite détective trop imaginative dépérir pour de telles sottises.

— De Gaulle commanditant l'élimination de Saint-Exupéry, c'est un peu gros, non ?

Hoshi me répond avec détachement. Il est occupé à sortir d'un tiroir une pile de feuilles imprimées.

— Vous avez raison... Moi non plus, je n'y crois pas, mais il fallait que nous l'évoquions. Pour que vous remontiez me voir... Pour que je puisse vous parler d'un autre tueur, bien réel celui-ci.

Il étale sur la table la plus proche des feuilles imprimées : des articles de journaux, des copies d'écran.

Un yacht pulvérisé,

un fauteuil roulant fracassé,

une plage inondée,

un château incendié.

Je tremble en découvrant cette tragique actualité. Je reconnais les îles de Riou, de Manhattan, de Conchagüita, d'Orcade.

— Quelqu'un cherche à éliminer les membres du Club 612, explique Hoshi. Les uns après les autres.

Andie n'est plus qu'une petite fille qui se recroqueville dans sa coquille. Je ne vais pas laisser ma petite sirène seule avec sa peine. Mon cerveau analyse à toute vitesse chaque étape de notre enquête. Une évidence s'impose alors que je rembobine le film.

— Je connais l'arme du crime ! Je connais le modus operandi de notre tueur en série. La boîte rectangulaire ! Chaque membre du Club 612 que nous avons rencontré en avait reçu une identique. Un carton avec trois trous alignés à l'horizontale. Semblable à celle dessinée par l'aviateur pour le Petit Prince. Il y en avait une sur la table d'Oko, une autre entre les genoux de Moïsès, une autre encore près du trône d'Izar...

Hoshi me gratifie d'un regard admiratif.

— Bien vu, inspecteur. Bien vu.

Il avance vers l'armoire à l'opposé de la baie vitrée. L'ouvre.

— Une boîte comme celle-ci ?

Je compte trois boîtes sur l'étagère ! Semblables, strictement semblables.

Mon cœur bondit.

Hoshi... Hoshi est le tueur !

Instinctivement, je me place devant Andie.

Le gardien du phare sort l'une des boîtes.

— À votre avis, qu'y a-t-il dans cette caisse de carton ?

Il trouve la force de plaisanter.

— Sûrement pas un mouton...

Avec précaution, il la place sur la table.

— Allez-y, si vous voulez le savoir. Ouvrez-la.

Il ne me parle pas, il parle à Andie.

Elle s'avance, fascinée. Hoshi s'est reculé de trois pas, et croise les bras.

— Non, Andie, ne l'écoute pas !

Elle ne m'écoute pas. Elle pose les mains sur le carton.

— Non, Andie.

Je suis responsable de ma rose. Je suis celui par qui le malheur arrive.

Je me précipite. Trop tard.

Andie a déjà soulevé le couvercle de la boîte.

Il n'y eut rien qu'un éclair jaune près de son cou.
Elle demeura un instant immobile. Elle ne cria pas.
Elle tomba doucement sur moi comme tombe une amoureuse.
Ça ne fit même pas de bruit, à cause de mes bras.

Andie reste ainsi de longues secondes, aussi molle qu'une poupée de blé, avant que son cœur ne ralentisse. Avant que son souffle ne fléchisse.

Alors Andie tourne la tête vers la caisse. Et éclate de rire.

Un monstre de papier vient de lui sauter à la gorge.

Un serpent jaune en origami !

Habilement plié dans la boîte pour qu'il jaillisse tel un ressort dès qu'on soulève le couvercle. Un serpent de papier, aussi impressionnant qu'inoffensif.

Je ne comprends plus rien. Qu'est-ce que cela veut dire ?

Hoshi ramasse avec délicatesse le serpent jaune tombé par terre.

— J'ai envoyé une boîte à chaque membre du Club 612. Accompagnée de cette surprise de papier, pour qu'ils comprennent le message.

— Quel message ?

— Le serpent n'est pas dangereux. Sa morsure n'est pas mortelle. Ce n'est qu'une mise en scène. Le Petit Prince n'est pas mort. Pas plus qu'aucun membre du Club 612. Eux aussi devaient mettre en scène leur disparition. Puis suivre les instructions. Vers leur destination. Saint-Ex nous a laissé un message clair, le serpent, dans la plupart des religions, signifie avant tout la résurrection !

J'observe le vieux Japonais au crâne rasé. Je l'ai mal jugé quand je l'ai rencontré, Hoshi est le plus fou de tous les membres de ce club de timbrés.

— Tout était expliqué dans la boîte, dit encore Hoshi.

— Tout quoi ?

— Tout ce que le géographe m'a demandé de leur expliquer.

Des explications d'explications. On tourne en rond ! Je hausse le ton.

— Qui est ce géographe ? Qui est ce sixième membre de votre petite communauté ? Où le trouve-t-on ? Il n'y a aucun indice sur la liste d'Oko, ni adresse ni nom.

Hoshi, comme s'il ne m'avait même pas écouté, se tourne vers Andie. Ma détective paraît reprendre ses esprits.

— J'ai un autre cadeau pour vous. (Il ouvre un tiroir de l'armoire, en sort une enveloppe noire.) La suite de votre feuille de route. La dernière étape. Vous l'avez compris depuis le début, tout n'est que vérité codée dans *Le Petit Prince* : un renard en détient la clé, les passages principaux raturés ou oubliés, des chiffres sans explications... Et plus encore, tout n'est que mystère dans la vie de Saint-Exupéry. Sa biographie repose sur les récits de ses maîtresses, de sa femme, ou de ses propres aveux... Elle compose une personnalité complexe, contradictoire, mais n'est-ce pas encore pour brouiller les pistes ? Chaque portrait de Saint-Exupéry le peint sous un jour différent... Les malles-cabines de Consuelo ont attendu cinquante ans avant d'être ouvertes, partiellement... Les archives de Nelly de Vogüé ne le seront qu'en 2053... L'essentiel est invisible pour les yeux, ce brave Tonio avait tant de goût pour les énigmes. La veille de sa disparition, il exécutait encore des tours de magie pour ses amis ! Il adorait les jeux de lettres et de mathématiques. *Pourquoi parles-tu toujours par énigmes ?* demande le Petit Prince au serpent. (Hoshi range avec calme l'origami jaune dans sa boîte, referme le couvercle.) Mais on pourrait en dire autant à Saint-Ex.

— *Je les résous toutes*, répond simplement Andie.

Hoshi sourit.

Il tend l'enveloppe à Andie.

— À vous de le prouver !

XL

Nous sommes sur le pont du zaroug. C'est le dernier des voiliers encore à quai, tous les autres ont filé en mer. Que transportent-ils ? Pirates ? Esclaves ? Pèlerins ?

Andie a étalé sur la table la carte de Piri Reis, celle offerte par Izar. Elle ajoute le fragment de carte trouvé dans l'enveloppe d'Hoshi : il représente la partie de l'Atlantique la plus proche de la côte américaine. Un grand morceau triangulaire de mer. Piqueté de dizaines d'îles.

Les Bermudes !

J'essaye de décrypter les mots tracés sur la peau de gazelle, mais mes yeux sont trop fatigués. Andie a une meilleure vue. Elle déchiffre les noms de ces îles, Hildegarda, Tamara, Columbia, Svea, Adalberta...

Quel indice tirer de cela ? Surtout que de mémoire d'aviateur, ces îles ne figurent sur aucune de mes cartes de navigation. Pures inventions ? Mauvaise localisation ? Ou éphémères îles volcaniques disparues ?

Andie continue de déchiffrer. À quoi puis-je être utile ?

Tout à coup, ma détective pointe son doigt.

— Cette petite île, à l'est des Bermudes, Neven, pouvez-vous me calculer ses coordonnées géographiques ?

Ça ne me prend que quelques minutes. Je reporte le fragment de la carte de Piri Reis sur un planisphère, puis calcule le plus précisément possible la latitude et la longitude.

Machinalement...

Le résultat m'explose à la figure.

Stupéfiant !

D'un coup, je comprends ce qu'Andie avait vu, en observant les cadrans du cockpit, quand nous survolions les Bermudes. J'en casse la mine de mon crayon. Ma voix tremble en annonçant le résultat de la localisation.

— La longitude de cette île découverte par cet astronome, je veux dire ce navigateur, turc, est très exactement de 61°2', et sa latitude comprise entre 32°5' et 33°00'.

612, le numéro de l'astéroïde du Petit Prince.

325 à 330, les six planètes que le Petit Prince visite...

Je bafouille.

— Le... Le code. Le code caché du Petit Prince était le plus simple qui soit. Les numéros des astéroïdes correspondent à de simples coordonnées géographiques.

— Là où disparaissent bateaux et avions, poursuit Andie, aussi troublée que moi.

Elle se précipite sur son portable, cherche à se connecter, n'y parvient pas... s'énerve !

— On ne capte rien dans ce pays.

Je saisis l'occasion de plaisanter.

— Je croyais que vous aimiez la solitude des dunes et du désert, mon petit fennec ?

— Même les Bédouins au fond du Sahara sont connectés maintenant ! Alors allez-y, puisque vous aviez l'air de si bien connaître ces Bermudes, parlez-m'en...

Je me déplace sur le pont du petit voilier, comme si je cherchais moi aussi du réseau. Je mouille mon doigt à ma bouche, le lève vers le ciel, puis je m'arrête près de la voile rouge, immobile.

C'est bon, je capte.

— Les Bermudes sont un ensemble de plus de cent îles, dont la plupart, minuscules, sont inhabitées, plus ou moins émergées selon la marée... Un vaste atoll à flanc d'océan, avec des îles volcaniques instables jouxtant des fonds abyssaux insondables. C'est aussi l'archipel le plus isolé de l'Atlantique, au large des États-Unis.

— Isolé ? De combien ?

— Entre mille deux cents et mille huit cents kilomètres, je dirais.

— Et en milles marins ?

— Facile... il suffit de convertir. Environ mille milles.

Je comprends dès que j'ai prononcé ces deux derniers mots. Nous en avions parlé, au-dessus du désert, dans le Falcon 900 !

Andie manque d'en tomber par-dessus bord.

— *À mille milles de toute terre ou région habitée !* explose-t-elle. Dans *Le Petit Prince*, Saint-Ex répète cinq fois l'expression. Il martèle ce terme de navigation comme une obsession. C'était si simple ! Écrit noir sur blanc. Cinq fois ! Il suffisait de chercher une île à mille milles de l'endroit où il se trouvait : Manhattan !

— Sacrément gonflé, Tonio !

Andie continue de sautiller sur le pont.

— Monsieur l'aviateur, je peux vous demander autre chose ?

— ...

— La capitale des Bermudes ?

Je capte. Je réagis enfin. Nom de Dieu, ou d'Allah devrais-je hurler pour ne pas me faire repérer, c'était si évident.

— Hamilton !

— Quoi, Hamilton ?

— La capitale des Bermudes, c'est Hamilton...

Je rattrape Andie avant qu'elle ne bascule vraiment, cette fois.

— Comme Sylvia Hamilton ? La journaliste à qui Saint-Ex a laissé son manuscrit original du *Petit Prince* ! C'est... C'est... sidérant ! Cet indice crevait tellement les yeux que personne n'y a pensé ! Ne me dites pas que les Bermudes ont un rapport quelconque avec les roses...

Je crois que j'ai blêmi.

— Les plages... Le sable des Bermudes est mondialement connu pour une particularité unique.

— Allez-y, je suis prête à tout.

— Il est rose !

La petite détective chavire, s'approche de moi, s'accroche à moi, tremblante, troublante. Est-ce Andie ou Ondine ?

— Qu'allons-nous y trouver, mon aviateur ? Qu'allons-nous trouver sur cette île ?

L'île du géographe

On attend, pour noter à l'encre, que l'explorateur ait fourni des preuves.

Le géographe, astéroïde 330

Au large des mers, il est des destinées brûlantes vouées à une île qui n'existe pas.

Citadelle

XLI

Je rase l'eau, rivé à mon GPS.

Nous avons atterri il y a moins d'une heure à l'aéroport international d'Hamilton. Dans la minute qui suivait, je louais un hydravion. Les crédits alloués par Oko Dòlo sont illimités... Autant en profiter, surtout si près de la vérité.

Nous continuons de survoler l'Atlantique, quelques dizaines de kilomètres à l'est de l'île principale de l'archipel.

61°2' W

32°5' N

— Je la vois ! crie Andie.

L'île émerge à peine. Je distingue une microplage rose, quelques rochers dressés, une cabane sur pilotis, aux formes arrondies comme une petite planète.

L'océan est aussi calme que nos cœurs en tempête.

Je me pose sur l'eau et laisse tourner les hélices jusqu'à ce que les roues de l'hydravion s'enlisent sur les premiers grains de sable.

Un jeune homme nous attend sur la plage, pieds nus, torse nu, menton nu.

C'est lui le géographe ? Je m'attendais à un savant à barbe blanche, pas à un bellâtre bronzé !

— Hoshi m'a prévenu de votre arrivée, déclare notre hôte d'une voix douce. Je m'appelle Stelo. Venez, venez.

Nous longeons l'étroite plage. Le sable humide colle à nos pas.

— Aucun atlas ne recense cette île, explique le beau Stelo, sans doute parce qu'elle rétrécit à chaque marée. À marée haute, seule la cabane sur pilotis émerge encore de l'eau, on la confond alors avec un bateau.

Nous dépassons un banc de pierre, au-dessus de la plage, sans nous arrêter.

— Curieusement, continue Stelo, seule la carte de Piri Reis mentionne ce morceau d'atoll. Peut-être cette île était-elle plus vaste il y a quelques siècles. Peut-être le volcan sous nos pieds s'est-il endormi. Qu'il va se réveiller. Peut-être cette île n'existera-t-elle plus demain.

— *Les cartes ne notent que les choses éternelles*, récite doucement Andie, *pas les lieux menacés de disparition soudaine.*

Tous les deux se sourient comme s'ils se reconnaissaient.

— Venez.

Nous parvenons à une seconde plage, plus petite encore, dont on devine qu'elle ne se dévoile qu'à marée basse. Des stèles de granit sont plantées sur le sable rose.

Un cimetière ! Un cimetière sous-marin !

J'observe, stupéfait, la petite dizaine de dalles gravées. Je prends la main d'Andie.

Des tombes de navigateurs, d'aviateurs...

— Quand ils veulent disparaître, explique Stelo, quand le monde les ennuie... Ils viennent trouver refuge ici. C'est un secret bien gardé, que seuls quelques aventuriers acceptent de révéler.

Le jeune homme nous désigne une tombe, quelques mètres plus loin.

Antoine de Saint-Exupéry
1900-1994

— Tonio a vécu cinquante ans ici !

Jambes molles sur le sable mouvant, nous remontons vers le banc. Alors que nous nous approchons de la maison ronde sur pilotis, j'entends des cris.

Toujours plus surpris, je reconnais les voix de Swan, Moïsès, Izar et Oko.

— C'est ça le paradis de Saint-Exupéry ? gémit la voix de Swan. Ce caillou rikiki ! C'est pas du tout ce qu'Hoshi nous avait promis ! Ce vieil allumeur de lanternes a intérêt à s'expliquer quand il va arriver.

— Ça c'est certain, renchérit celle d'Izar, c'était tout de même plus grand quand on se réunissait dans mon palais ! Mon pauvre palais parti en fumée...

— Et pas une goutte à boire sur ce caillou, surenchérit Moïsès, rien que de l'eau de mer filtrée.

— Je vous aurais bien proposé mon yacht, ironise Oko, mais il a coulé au fond de la Méditerranée, à côté d'une carcasse de P-38, et d'un stylo Parker 51.

XLII

— Venez, dit à nouveau Stelo.

Il escalade quelques rochers. Andie le laisse passer et je soupçonne que c'est pour mieux admirer le trapèze de son dos d'acrobate.

— Ainsi, ose demander Andie, Saint-Ex ne serait pas mort en Méditerranée ? Il serait venu ici. C'est... plutôt... difficile à croire...

Merci, Andie ! Je pense comme elle. Une stèle de granit gravée ne prouve rien !

Stelo s'assoit sur un des rochers et sourit de toutes ses dents blanches.

— Difficile à croire ? Antoine évoquait pourtant en permanence son désir de se retirer du monde. Il ne parlait pas de mourir, mais de partir... De disparaître... C'est d'une telle évidence quand on le lit.

Andie réagit.

— D'accord, moi aussi j'y ai cru ! Comme tout le monde. Ça a été le fantasme de milliers de lecteurs pendant des années. Saint-Ex n'est pas mort ! Il est caché quelque part. Mais...

— Mais, poursuit Stelo en plantant son regard aussi clair que la mer dans celui d'Andie, on n'a jamais retrouvé Saint-Exupéry. Le rêve s'est effacé au fur et à mesure que les années passaient. Antoine est né le 29 juin 1900... Même les admirateurs les plus purs, même les membres du Club 612, ont cessé de croire à son retour alors que la fin du siècle approchait. Puis est apparue la miraculeuse gourmette, en 1998, et tout espoir qu'il soit encore vivant a été définitivement enterré.

Andie semble douter. Pas moi ! Je m'assois à mon tour sur un rocher mouillé.

— N'empêche, il faudra nous fournir d'autres preuves que cette tombe de granit gravée !

Andie confirme de la tête, pas autant que je le voudrais.

— Voulez-vous entrer dans le Club 612 ? propose soudain Stelo.

Il s'adresse à Andie, pas à moi. Je n'ai pas vu le coup venir.

— Pourquoi pas, répond mon renard tout sourires, il faudrait un peu le rajeunir !

Stelo éclate de rire.

— Vous me trouvez vieux ?

— Vous êtes vraiment le géographe ?

— Il paraît... Prête à passer votre examen d'entrée ?

Andie cale son dos et ses fesses contre un autre rocher. Peau nacrée et tee-shirt trop large. Le plus joli des coquillages.

— Prête ! Quel est l'énoncé du sujet ?

— Convaincre un incrédule, et tous les incrédules de la terre, que Saint-Ex n'est pas mort le 31 juillet 1944.

Je sursaute. C'est moi l'incrédule ? On pourrait me demander mon avis !

— À vous l'honneur, jeune homme, annonce Andie.

Stelo ne se fait pas prier.

— *Drôle de planète*, écrit Antoine à sa maîtresse, Natalie Paley, *il est peut-être une étoile où la vie est simple*. Il a fini par découvrir cette étoile, sur cet atoll...

— Mouais, commente Andie. La belle maîtresse russe n'a été qu'une étoile filante dans la vie de Saint-Exupéry. Je préfère de loin cette lettre à Nelly de Vogüé, en 44. *Fuir, voilà l'important. J'ai tellement envie de les quitter tous, ces imbéciles. Qu'ai-je à faire ici sur cette planète ? On ne veut pas de moi ? Comme ça tombe bien, je ne voulais pas d'eux ! Je leur rendrai avec plaisir mon tablier de contemporain. Je voudrais bien me reposer*. Alors ? Antoine n'écrit pas qu'il veut mourir, il veut seulement rendre son tablier de contemporain. Il ne veut pas quitter la vie, il veut quitter les hommes !

Stelo applaudit silencieusement.

— Bien joué, mademoiselle, mais j'ai encore mieux ! La lettre à Mme de Rose, en juillet 44, moins d'un mois avant la disparition d'Antoine, et aussi étrange que cela paraisse, c'est le vrai nom de cette amie, une lettre sublime, où Antoine écrit qu'il ne rêve que de silence, loin de la civilisation du téléphone qui lui est intolérable, cette caricature de présence qui remplace la vraie présence. Pauvre Saint-Ex, pensé-je, s'il savait ce que le monde est devenu !

Stelo se tait un instant, observe le banc de pierre, face à la mer, puis récite.

— *J'ai une indigestion de bornes kilométriques. Ça ne mène à rien. Il serait tout de même temps de naître.* Vous avez bien entendu, mademoiselle ? Saint-Ex veut quitter son avion, non pas pour mourir, mais pour naître ! Et pour finir, il révèle tout à Mme de Rose, *en attendant la vocation de Solesmes ou du monastère tibétain, je recommence à tirer les manettes de gaz, à 600 kilomètres/heure.* Il a fini par trouver son monastère. Il termine sa lettre testament ainsi : *Je suis simplement venu m'asseoir, pour cinq minutes d'éternité, dans l'amitié.* Sur ce banc, ici... Tout est dit !

Tous les deux fixent, ensemble, le banc de pierre face à l'Atlantique, en partie recouvert par la marée.

J'ai l'impression de ne plus exister.

Je tente d'accrocher le regard d'Andie, mais impossible de la déconcentrer. Elle continue de défier le jeune Robinson-Apollon.

— Je vous l'accorde, concède Andie, Saint-Ex cherchait un banc, rien de plus qu'un banc face à l'éternité. Et ce banc, vous l'avez trouvé... Par contre, j'ai encore mieux !

— Vraiment ?

— En juillet 44, Saint-Ex a écrit une lettre à sa mère, une lettre qu'étrangement, elle ne recevra qu'un an plus tard. Une lettre où il dit...

— Antoine l'a écrite ici !

Andie en reste statufiée. Stelo répète, sûr de lui.

— Antoine l'a écrite ici, sur ce banc. Il a pris un gros risque ce jour-là. Dévoiler qu'il était vivant dans une lettre post mortem, même s'il a pris soin de l'antidater de quelques jours avant sa disparition. Mais il n'avait pas le choix, sa mère était désespérée, il devait lui donner des nouvelles. Cela revenait à révéler toute sa supercherie, d'ailleurs sa mère a toujours affirmé qu'elle savait que son fils était vivant, caché quelque part. Et pourtant, tout le monde a avalé cette histoire de lettre qui met un an à arriver !

J'observe Andie, petits poings serrés à en exploser les rochers. Ma détective refuse de rater son examen d'entrée.

— Pff... Je m'en doutais ! C'est évident quand on sait. Ce n'est pas la lettre de quelqu'un qui va mourir, c'est la lettre de quelqu'un qu'on croit mort, et qui veut rassurer ses proches. Il la commence ainsi : *Ma petite maman, je voudrais tellement vous rassurer sur moi et que vous receviez ma lettre. Je vais très bien. Tout à fait. Embrassez-moi comme je vous embrasse, du fond de mon cœur.* C'est une très courte lettre où Saint-Ex ne raconte rien sur lui, lui qui rédigeait d'ordinaire d'interminables courriers à sa maman, où il ne dit rien à part qu'il va bien ! Cette lettre est une carte postale, une carte postale lointaine d'un absent, vivant !

Andie s'arrête, comme épuisée, puis quémande un compliment dans le regard bleu-vert de Stelo. Le mien n'existe plus.

— Alors, je suis admise au Club 612 ?

Stelo la félicite d'un battement de paupière.

— Que vous êtes impatiente, mademoiselle... Vous avez été brillante, mais nous n'en sommes qu'à la moitié de l'épreuve.

— Comment ça ?

Stelo se tourne vers moi.

— Nous avons démontré à tous les incrédules de la planète, sans aucun doute possible, qu'Antoine voulait trouver un banc, une étoile ou une île pour se reposer loin des hommes... Mais vous menez une enquête sur un double meurtre, n'oubliez pas ! Et le Petit Prince ? De quels indices dispose-t-on pour prouver que sa disparition n'est qu'une mise en scène ? Car nous sommes d'accord, puisque Antoine a mis en scène sa disparition, il doit l'annoncer dans son conte !

Andie a l'air d'adorer ce nouveau défi. Moi pas.

L'incrédule fait sa tête de mule !

— Allez-y, invite Stelo. Engagez, mademoiselle.

— Je pense qu'il faut retourner au manuscrit original, celui de la Morgan Library, pour les repérer ! Au départ, Saint-Ex voulait commencer son conte ainsi : *Il était une fois un petit prince qui habitait une planète trop petite et s'y ennuyait beaucoup. Tous les matins, il se levait et la balayait. Quand il y avait beaucoup de poussière, ça faisait des...* (C'est illisible, mais deux dessins représentent le Petit Prince en train de balayer, puis d'être couché dans l'eau.) *Mais il prenait son tub dans la mer.*

— Prendre son tub ? demandé-je.

— Une vieille expression qui veut dire prendre son bain, faire sa toilette...

Je déteste la réponse laconique d'Andie.

— Donc je résume, continue mon petit renard cruel, la première intention de Saint-Ex, ce n'est pas de nous raconter une histoire d'amour, un prince qui quitte sa rose et veut la retrouver, mais l'histoire d'un petit prince qui s'ennuie, qui en a assez de faire son devoir, balayer, que la poussière rend malade, et qui rêve, se lave, se purifie, non pas dans le ciel ou le désert... mais dans la mer ! Cette version était sans doute trop facile à décoder, Saint-Ex a été plus malin et a tout compliqué, tout masqué ! Même s'il emploie le mot évasion quand le Petit Prince quitte sa rose... Étrange ce mot, « évasion », non ? Comme un prisonnier en cavale qui va se cacher.

Stelo paraît impressionné.

— Bravo, mademoiselle ! Et que pensez-vous de cette autre modification entre la version originale et la version finale ? Quand Antoine parle de l'humanité entière qui s'entasse dans un petit espace, la référence à Manhattan est supprimée, pour être remplacée par un petit îlot du Pacifique...

Je m'apprête à intervenir, mais Andie me coupe l'herbe, ou plutôt me retire le sable, rose, sous le pied.

— Il ne parle pas d'Atlantique !

— Saint-Ex ne va pas aussi facilement nous livrer toutes les clés, réplique Stelo, mais il prétend faire tenir toute l'humanité sur un minuscule îlot. Son humanité ! N'est-ce pas une superbe métaphore quand on connaît la vérité ? Et cet autre passage qui n'existe que dans l'exemplaire de la Morgan Library, étrangement supprimé dans la version finale, où le Petit Prince rencontre un inventeur. *Tu appuies sur ce bouton vert. Tu es au pôle*, dit l'inventeur.

— *Pourquoi voudrais-je aller au pôle ?* récite Andie.

Tous les deux connaissent par cœur cette version inédite du *Petit Prince*. Je suis tout autant énervé... qu'impressionné.

— *Parce que c'est loin.*

— *Ce n'est pas loin s'il suffit d'appuyer sur ce bouton. Pour que le pôle compte, il faut que tu l'apprivoises.*

— *Qu'est-ce que veut dire apprivoiser ?*

— *Ça veut dire mettre beaucoup de temps dans le pôle. Et beaucoup de silence.*

Tous les deux me regardent. Leur complicité m'effraie.

— Dans sa première version, explose Andie, Saint-Ex n'apprivoise pas son ami le renard, ou sa rose amoureuse, il apprivoise le pôle ! Il apprivoise la distance, il apprivoise le silence, il s'apprivoise lui-même. Il apprivoise sa liberté !

Elle me regarde. Je n'exprime rien. Rien qu'une déprime.

Andie semble gênée, Stelo ne lui laisse aucun repos.

— D'accord, mademoiselle, puisque vous en parlez, revenons à l'indice le plus important, la rose, le symbole du paradis pour les chrétiens... Mais existe-t-il, le paradis ? Est-il la seule possibilité de vivre après la mort ? Antoine n'est pas croyant... N'existe-t-il pas une possibilité plus simple ? Un paradis laïc ? Un paradis sur terre ? Se retirer des vivants, de la termitière... sur une étoile, comme le Petit Prince, ou plus simplement, sur une île.

— Évidemment ! se moque Andie. L'étoile du Petit Prince, c'est l'île de Saint-Exupéry. Et puisque vous enfoncez les évidences, n'oublions pas la plus belle, *j'aurai l'air d'être mort et ce ne sera pas vrai* !!! Chapeau Tonio ! Cette affirmation-là était la plus gonflée de toutes ! Il parlait de lui autant que du Petit Prince !

Stelo va répliquer mais Andie enchaîne, déchaînée.

— Et il pousse même l'audace encore plus loin dans le dernier chapitre, quand l'aviateur parle du Petit Prince, un peu consolé, *je sais bien qu'il est revenu à sa planète, car, au lever du jour, je n'ai pas retrouvé son corps. Ce n'était pas un corps tellement lourd.* Quel indice ! On ne retrouvera jamais non plus le corps de Saint-Ex, seulement une écorce de fer, son avion... Mais si on suit l'enseignement du Petit Prince, puisqu'il n'y a aucune trace du corps de Saint-Ex, c'est donc que Saint-Ex est revenu à sa planète... On peut être consolé ! Il n'est pas mort ! Comment aurait-il pu deviner qu'il serait abattu sans qu'on retrouve son cadavre ? Une telle coïncidence entre leurs deux disparitions est impossible, la version officielle, si l'on y pense, ne tient pas debout, Saint-Ex avait forcément tout prémédité ! Et sa question finale, l'avant-dernière phrase du conte, quand ayant oublié la courroie de la muselière, il se demande si le mouton a ou non mangé la fleur... C'est la question d'un homme qui fuit la terre, et se demande, désormais en spectateur, comment la guerre se terminera, si la bête immonde dévorera le monde... Et si la termitière survivra.

XLIII

La mer remonte, l'île rétrécit.

Nous avons quitté les rochers trop inconfortables pour nous asseoir sur ce qu'il reste de la plage.

Andie a réussi son examen d'entrée, avec les félicitations du beau Stelo. Elle a pris quelques minutes pour s'éloigner et se refaire une beauté. Prendre son tub, enfiler son collier rubis et semer dans ses cheveux des coquelicots. Aussi élégante qu'une rose des sables, elle revient et déplie la carte de Piri Reis sous le nez du jeune géographe.

— Comment a fait Saint-Ex ? s'inquiète mon petit renard surdoué. Puisque je fais partie du club désormais, vous pouvez me le révéler ! Comment a fait Saint-Ex pour disparaître ?

Stelo laisse ses doigts courir sur la peau de gazelle.

— Personne ne sait vraiment, mais ce n'était pas difficile. La plupart des pilotes s'éjectent avant de piquer en chandelle. Saint-Ex a dû s'extraire, nager jusqu'à l'île de Riou. Il lui fallait s'abattre en mer, pour qu'il n'y ait aucune victime, près d'un port ou aéroport, loin de son plan de vol pour qu'on ne puisse pas retrouver son avion. Il était ensuite facile de disparaître, surtout en temps de guerre.

À moins, pensé-je, que personne ne mente, que l'avion de Saint-Exupéry ait réellement été abattu par ce pilote allemand, Horst Rippert, puis que Saint-Ex ait été recueilli en mer par cet autre soldat, Karl Böhm, puis livré aux autorités, et qu'il ait alors décidé de ne jamais révéler qui il était... et une fois libéré... de ne jamais rentrer !

Andie préfère la magie de la préméditation.

— Et le Club 612 n'a rien découvert ? demande-t-elle.

— Tous ceux qui se sont penchés sur le mystère Saint-Exupéry ont flairé une manipulation, un tour de magie, les plus malins se sont approchés de la vérité... sans jamais trouver.

— Et vous ? dit Andie. Comment avez-vous trouvé ?

Le jeune homme ne répond pas, ses doigts caressent toujours la peau de gazelle, mon petit renard les capture, entre océan et continent.

— Qui êtes-vous, Stelo ?

Le jeune homme ne répond toujours pas, il lève les yeux face à la mer, et observe, sur la plage voisine, la marée qui remonte et recouvre peu à peu la stèle.

Je fixe moi aussi l'horizon, je ne distingue aucun bateau. Je me pose une autre question.

XLIV

— Pourquoi un bateau ?

Ma question surprend les deux tourtereaux.

L'incrédule la reformule.

— Saint-Ex est aviateur, non ? Pourquoi s'enfuir à bord d'un bateau, entouré d'eau ?

Stelo observe Andie comme s'il recherchait son approbation, puis répond.

— Les îles sont des planètes... des planètes accessibles. Aveuglés par son amour de l'aviation, on a oublié à quel point Antoine adorait toutes les formes de navigation. Avant de devenir aviateur, il écrivait que *de temps en temps, une photographie de voiliers donnait des ailes à ces descriptions d'îles et entraînait tout dans le rêve.*

— Et perdu dans les buildings de New York, poursuit Andie, il écrit à sa Nelly, *je me sens ici, plus que partout ailleurs, en haute mer.*

Je ne les écoute presque plus. Je me souviens des esquisses de la Morgan Library, des premiers dessins du Petit Prince échoué dans le désert où les dunes ressemblaient à des vagues. Sur la plage d'à côté, la tombe de granit est presque entièrement noyée.

— Dans *Le Petit Prince*... (Stelo pose sa main sur l'épaule d'Andie.) Quelle est la première phrase prononcée par Saint-Exupéry, quand il tombe en panne dans le désert ?

Ils la prononcent en duo.

— *Je me suis endormi sur le sable à mille milles de toute terre habitée. J'étais bien plus isolé qu'un naufragé sur un radeau au milieu de l'océan...*

Andie pose sa tête sur l'épaule de Stelo.

— Et que dit le serpent au Petit Prince avant de le mordre ?

Leurs voix se marient sans écho.

— *Je peux t'emporter plus loin qu'un navire !*

J'observe les deux jeunes gens, un peu largué, surtout impressionné !

Sur la plage voisine, il n'y a plus ni sable rose, ni rochers gris, ni tombe sombre.

La mer a tout recouvert.

Comme elle recouvrira la nôtre dans quelques minutes.

Bientôt, seule la cabane sur pilotis émergera, la petite cabane d'où s'élève un concert de voix. Familières et en colère.

XLV

— Dire, se lamente Oko, que je suis venu des dizaines de fois dans les Bermudes jouer au business-man, dire que Tonio se reposait dans l'île d'à côté et que je ne m'en suis jamais douté...

— Bien joué, Tonio, commente Moïsès, Oko, tu aurais illico transformé son paradis laïc en paradis fiscal !

— C'est moi qui aurais dû deviner ! persifle Marie-Swan. Les Bermudes, Hamilton, le même nom que cette garce de Sylvia. La solution était là, sous mon nez ! Dire que toutes ces années, seulement mille milles me séparaient de mon Antoine...

— Tu parles, ricane Moïsès, si tu l'avais retrouvé, vieille rose jalouse, il t'aurait rejetée à la mer. Il voulait surtout mettre mille milles entre lui et les femmes ! La seule chose dont il aurait eu envie, c'est d'un ami pour boire avec lui !

— Ou pour le conseiller, ajoute Izar, cet atoll est un vrai dépotoir... Une planète, il faut faire sa toilette.

Malgré la nostalgie qui m'envahit, leurs éclats de voix deviennent éclats de rire. Quelle cacophonie pour l'île la plus isolée du monde ! Saint-Ex doit s'en retourner dans sa tombe !

Je devine qu'Andie, derrière son sourire, soupire, considérant ses nouveaux collègues du Club 612 comme autant de touristes bruyants profanant un lieu de recueillement.

— Ils ne vont pas rester, annonce Stelo, lisant lui aussi dans ses pensées. L'île est trop petite. (Le jeune homme se tourne vers la cabane sur pilotis.) C'est un hôtel très particulier, une seule chambre. Un seul lit... Mais Oko, Swan, Moïsès, Izar, Hoshi méritaient de savoir, de voir la tombe de Saint-Exupéry, de comprendre. *Le Petit Prince* a changé leur vie.

Andie laisse filer entre ses doigts les dernières poignées de sable rose que la mer n'a pas recouvert.

— Une chose m'a toujours chiffonnée, déclare-t-elle. La gourmette ! Cette fameuse gourmette retrouvée par un pêcheur en 1998 au large de l'île de Riou ? Elle est à l'origine de tout... mais je n'ai jamais cru à ce hasard fou.

Stelo regarde Andie, saisit sa main, retient les grains, comme si le sable rose était si sacré qu'il ne pouvait servir à jouer.

— Vous avez raison, mademoiselle... Il n'y a pas de hasard. Jamais. Après le décès de Saint-Exupéry, en 1994, il était enfin possible de révéler sa mort. Plus rien ne s'y opposait. Les amoureux d'Antoine, y compris les entêtés du Club 612, pouvaient cesser leurs recherches. Plus la peine de leur faire miroiter un faux espoir. Le reste fut d'une simplicité enfantine. La gourmette provient des malles de Consuelo, on venait de les sortir de l'oubli et étrangement, personne n'a relevé cette coïncidence. Son éditeur avait effectivement offert cette gourmette à Antoine, mais il ne l'avait pas emportée à la guerre, il l'avait laissée à sa rose, ce qui explique que personne n'ait jamais vu ce bijou à son poignet. L'équipage du chalutier de Jean-Claude Bianco comprenait cinq membres, curieusement, trois musulmans, un juif et un chrétien. Il a suffi de confier la gourmette à l'un d'eux, et de le convaincre de la déposer dans le filet de pêche, pile au-dessus de l'épave du P-38 Lightning d'Antoine. Le tour était joué. Bianco a cru sincèrement l'avoir repêchée. On allait donc fouiller la mer sous le bateau, retrouver l'avion, le numéro de série, tout exposer au musée du Bourget, l'affaire était élucidée. Plus de mystère ! Pour tous, Antoine serait mort en 44, abattu en pleine mer.

— Bien entendu vous ne me direz pas lequel des cinq ?

— Bien entendu... Il suffisait de savoir où l'avion d'Antoine avait coulé, le reste du plan n'était ensuite pas compliqué à exécuter.

— Qui a tout programmé ? Pas vous ! En 1998, vous étiez encore un bébé ! Et vous ne pouvez pas être le géographe qui a fondé le Club 612, vous n'étiez même pas né !

— Je vous le révélerai plus tard, il y a plus important pour l'instant.

— Quoi ?

— La vraie morale du *Petit Prince*... C'est elle la vraie résolution. La vraie solution.

Et comme si la nature n'était pas d'accord, une vague inattendue nous submerge. L'océan calme s'est fâché.

Je me retourne, mouillé de la tête aux pieds.

Un grand voilier vient d'arriver.

XLVI

Le grand voilier va déjà repartir. Ses voiles blanches s'agitent comme des mouchoirs.

— Nous reviendrons, promettent en chœur les cinq membres du Club 612.

— Avec un plus grand yacht ! promet Oko qui peine à coincer ses longues jambes entre les cordages du vieux gréement.

— Avec plus d'alcool, promet Moïsès qui inspecte néanmoins les cambuses à la recherche du moindre litre de rhum.

— Avec des hommes plus jeunes, promet Swan en serrant Annibal dans ses bras, tout en dévorant du regard Stelo, enfoncé dans l'eau jusqu'aux pectoraux.

— Avec un drapeau à planter sur la plage, promet Izar, un palais à bâtir, une utopie à construire...

— Dépêchez-vous, se contente de conseiller Hoshi en allumant les feux de navigation. Il va bientôt faire nuit.

Le vieux gardien de phare n'est resté que quelques heures sur l'atoll, le temps que les premières étoiles apparaissent dans le ciel encore clair.

Le temps d'une courte promenade jusqu'à la plage voisine, avec Oko, Swan, Moïsès, Izar, cinq amis, enfin réunis. Enfin silencieux.

Le temps d'un long recueillement devant la stèle de granit.

Antoine de Saint-Exupéry
1900-1994

Le temps de recueillir des souvenirs, le temps de se convaincre que ce qui est fané va refleurir, que rien n'est jamais enterré, tout n'est qu'enraciné.

Le vent se lève. Les voiles se tendent et les cœurs se serrent. Le béret à pompon de Marie-Swan s'envole. Annibal aboie une dernière fois.

Ils sont partis.

L'île n'est plus qu'un confetti.

Nous ne sommes plus que trois. À l'autre bout de la terre, le soleil entame sa lente descente vers l'autre hémisphère.

Nous nous asseyons sur le banc, l'un des rares fragments d'île, avec la cabane, qui n'est pas encore recouvert par la mer.

— Alors, quelle est-elle, cette vraie résolution ? demande Andie qui, de sa vie, n'a jamais renoncé à une question une fois qu'elle l'a posée. Cette véritable et si importante morale du *Petit Prince* ?

— Êtes-vous prête à m'écouter sans m'interrompre ? demande Stelo.

— La promesse de Solesmes ! Je serai plus silencieuse encore que frère Antoine réfugié ici.

Stelo sourit.

— D'accord... Ce sera peut-être un peu long... Pour tous les lecteurs, la morale du *Petit Prince*, c'est l'éloge de la responsabilité, *tu es responsable de ce que tu as apprivoisé...*

— On a déjà parlé de ça, le coupé-je (moi je n'ai rien promis !), mais on ne sait pas qui apprivoise qui...

— Là n'est pas la question, bougonne le beau Stelo, visiblement agacé d'avoir été interrompu. Beaucoup considèrent *Le Petit Prince* comme un conte naïf, mièvre, édifiant, moralisateur, tu es responsable de ce que tu apprivoises, ta femme, tes enfants, ton chien, ta voisine, tes collègues, tes compatriotes, la terre entière, une morale de boy-scout qui insupporte les cyniques... Ils n'ont rien compris ! La philosophie du *Petit Prince* tient en une phrase. *On ne voit bien qu'avec le cœur, l'essentiel est invisible pour les yeux.*

Quel baratin ! À nouveau j'interviens !

— Vraiment ? Vous êtes certain ? *On ne voit bien qu'avec le cœur* ? Mon Dieu, quelle provocation ! Tiens, une idée, on devrait écrire un truc aussi dérangeant sur des tee-shirts ou des tasses à café... Les cyniques vont adorer !

Ma réaction amuse Stelo.

— C'est parce qu'on fait un immense contresens. Que signifie *l'essentiel est invisible pour les yeux* selon vous ?

Facile !

— Voir la beauté cachée des choses. Heu, par exemple qu'une fille, ou un garçon pas très joli, mais qui est beau à l'intérieur, mérite d'être aimé comme les autres...

— Bien entendu, confirme Stelo, c'est le premier niveau d'interprétation, et ça explique le succès de la formule ! Sauf que franchement, vous trouvez que cela ressemble à Saint-Exupéry, lui qui n'aimait, et ne collectionnait, que les très belles femmes ? Il y a forcément un autre sens !

La mer recouvre déjà les pieds du banc et les chevilles d'Andie.

— Allez-y !

— D'accord, mais la démonstration demande un peu d'attention, et un peu de temps, alors cette fois, ne m'interrompez pas. *L'essentiel est invisible pour les yeux*, en réalité, signifie que l'essentiel n'existe que par le vide, le creux, l'absence, le souvenir. L'essentiel est toujours manquant. L'être aimé, ou même l'objet aimé, est à la fois possédé et perdu[1]. C'est son absence qui lui donne une valeur. Le souvenir du blond des blés, l'attente d'un coucher de soleil, la soif de l'eau d'une fontaine, le temps pour y marcher, la nostalgie d'une rose pourtant si capricieuse, une étoile trop lointaine... ou un ami qui disparaît.

« L'essentiel n'existe que parce qu'il n'est pas encore là et attendu, ou qu'il n'est plus là, regretté, espéré. C'est seulement à travers cette absence que pour Saint-Exupéry, l'univers fait sens. Sinon, tout est futile, immédiat, acheté, possédé, jeté. Accepter l'absence,

1. Ce passage doit beaucoup à l'essai de Philippe Forest, « Chacun est seul responsable de tous », in *Saint-Exupéry pilote de guerre*, Les cahiers de la NRF, 2013, pp. 11-25.

le départ, la disparition, la mort, c'est comprendre la valeur des choses et la respecter. C'est un sacrifice qui n'est en rien douloureux, puisque c'est grâce à lui que tout prend une importance.

« Rien à voir avec un dogme religieux, Saint-Exupéry ne nous demande pas de nous sacrifier pour les autres, et encore moins d'accepter le sacrifice ici-bas pour espérer un meilleur au-delà. Saint-Exupéry n'était pas croyant. Les interprétations christiques du *Petit Prince* n'ont aucun sens. Ce sacrifice est laïc. Et il remplit l'univers de la somme des manques, des soifs, des faims. L'univers n'est plus possession, il n'est que désir et souvenir. L'esprit est plus fort que le réel. Le réel, d'ailleurs, existe-t-il en dehors de nos esprits ? Le réel n'existe qu'à proportion qu'il manque ! Les étoiles sont belles à cause d'une fleur qu'on ne voit pas.

« À la fin du conte, le Petit Prince disparaît de son plein gré... puis Saint-Exupéry lui aussi de son plein gré... et par leur disparition, tout est rendu aux autres. L'amour, les blés, les étoiles, le désert, la peur de mourir, les rires. L'autre en fera ce qu'il veut. Les vénérer, les détester, les enjoliver, les oublier. Le ciel avec l'étoile du Petit Prince devient à la fois le plus beau et le plus triste paysage du monde. Et tout tient dans cette inquiétude. Car ainsi, tout homme devient responsable de tous.

« Elle est là, la morale de la responsabilité de Saint-Exupéry, celle d'être conscients que nous portons cette responsabilité dans chacun de nos gestes, même le plus banal, celui du jardinier, de l'allumeur de réverbères, de l'aviateur, mais qu'en même temps, ces gestes ne sont que néant, y retournent sitôt effectués, qu'ils n'existent que dans l'espoir qu'ils suscitent ou dans la trace qu'ils laissent sur les autres. Ainsi, tous responsables de tous, mais dans cette conscience pathétique que le néant est la condition de notre liberté. Que sinon, nous ne serions que des étoiles n'agissant que pour nous-mêmes, ou que des saints soucieux de n'agir que pour les autres. L'essentiel est invisible pour les yeux, c'est notre responsabilité selon Saint-Exupéry. Le vide laissé, c'est notre liberté.

Un long silence conclut l'exposé.

Impressionnant. Convaincant, dois-je avouer.

— Brillant ! ajoute Andie, rompant sa promesse de Solesmes.

— Mais l'essentiel n'est pas encore là ! poursuit Stelo. Je ne vous ai encore rien dit de votre enquête. La résolution. La double clé de ce double meurtre.

Andie, à nouveau muette, écoute bouche bée.

— Quand Saint-Exupéry écrit *Le Petit Prince*, puis met en scène sa propre disparition, que fait-il ? Il se sacrifie, pour qu'en disparaissant, de son manque, de son absence, du vide qu'il laisse, de la légende qui crée et qui enjolive les faits, naisse le Petit Prince, son double de papier ! Qu'il grandisse à mesure que lui rapetisse. En quelque sorte, c'est le Petit Prince qui a tué Saint-Exupéry, ou plus exactement, Saint-Exupéry s'est effacé pour que vive le Petit Prince...

Andie sort sa page blanche et écrit.

C'est le Petit Prince qui a tué Saint-Exupéry,

Stelo s'est levé, les deux pieds dans la mer, ses bras battent comme des moulins à eau.

— *Le Petit Prince* aurait-il connu un tel destin si Saint-Exupéry n'était pas mort mystérieusement ? S'il n'avait pas été édité comme l'œuvre posthume d'un héros légendaire ? Sans doute pas... Il n'aurait été qu'un livre banal, pas le plus lu du monde ! Il fallait que Saint-Exupéry se sacrifie, disparaisse, pour que le Petit Prince délivre son message au monde. Ainsi, Saint-Exupéry peut vivre une vie monastique sur son île... et rester présent dans les cœurs, dans les esprits, par la grâce de son livre. Par sa disparition, Saint-Exupéry applique sa morale de façon magistrale, comprenez-vous ? Il réalise le rêve de chacun, fuir, tout quitter, être seul au monde, et continuer d'exister pour chacun d'entre nous, à travers sa pensée... en ayant écrit le roman le plus lu de toute l'histoire de l'humanité !

Andie est restée le stylo en l'air. Stelo la questionne du regard, auréolé, fier.

— Alors, insiste-t-il, qu'en pensez-vous ?

Sûr de lui, sa démonstration est en béton.

— Tout le contraire de vous ! balance Andie.

Stelo en reste à son tour bouche bée.

— J'en pense, explose d'un coup ma petite renarde rousse, que Saint-Exupéry s'est comporté d'une manière amorale de façon magistrale, qu'il n'a été qu'un égoïste n'agissant que pour lui-même, tout en se faisant passer aux yeux de tous pour un saint soucieux de chaque être vivant habitant cette terre. Et la souffrance de ses amis ? De ses proches ? De ses roses ? De sa rose surtout ? Et Consuelo ? A-t-il pensé une seconde à Consuelo ?

Et mon petit renard si fragile s'effondre en sanglots.

XLVII

L'eau monte toujours, comme si les larmes d'Andie noyaient à elles seules la petite planète perdue au milieu de l'Atlantique. Nous remontons nous asseoir tous les trois, sur le seuil de la cabane, dernier eldoradeau au milieu des flots. Nous regardons le soleil se coucher.

À une trentaine de mètres, droit devant, l'hydravion nous attend. Ni Andie ni Stelo n'ont l'air pressés de se lever.

— Alors ils ne se sont jamais revus ? demande Andie. Consuelo a pleuré un faux disparu. La rose a attendu pour rien le retour de son Petit Prince ?

— La rose n'existe pas, répond tristement Stelo, la rose n'est qu'un symbole, elle n'est ni Consuelo, ni la maman de Tonio, ni l'une de ses amantes, la rose c'est tout ce à quoi on tient ! Tout ce qui nous retient. Tout ce qu'on doit quitter pour gagner sa liberté.

— Non, proteste Andie. Non ! Ce serait trop facile de jeter tout cet amour dans le néant ! De nous contenter d'une boîte à souvenirs où sont rangés nos sentiments.

— Antoine ne nous parle pas d'une boîte à souvenirs, Andie. Il nous parle d'un trésor. Le plus précieux des trésors... Souvenez-vous des *Mémoires de la rose*, souvenez-vous des derniers mots qu'Antoine échange avec Consuelo. *Quand je m'envolerai pour toujours, je vous tiendrai par la main. Mais il ne faut pas que vous fassiez l'enfant chétif qui pleure et regarde son gardien avec des cris et des larmes. Je dois partir partir partir... Ma maison est dans ton cœur et j'y suis pour toujours.*

Un silence.

Andie.

— *Je sais, il te faut être seul.*

Stelo.

— *Ah pimprenelle, il se fait tard, je dois prendre mon bateau.*

Andie.

— *Vous m'avez promis que si vous n'en reveniez pas vous m'embrasseriez si fort dans votre cœur que je sentirais vos caresses toute ma vie.*

Un silence.

Stelo s'exprime d'une voix douce.

— Ce sont les derniers mots des *Mémoires de la rose*. Vous voyez, les souvenirs sont plus puissants que la réalité ! Avant de la quitter, Tonio demande à Consuelo de lui faire un manteau de son amour pour qu'il ne soit pas touché par les balles, elle lui promet un manteau invisible pour qu'il l'enveloppe pour l'éternité. Un manteau invisible... *L'essentiel est invisible...*

Andie explose encore.

— Invisible peut-être... Mais c'était un vrai manteau d'amour ! Pas une illusion, pas un souvenir, un vrai manteau contre les balles ! Une réalité ! La preuve, les balles ne l'ont pas touché ! Antoine n'est pas mort à la guerre. L'amour de Consuelo l'a protégé. L'amour de Consuelo a sauvé Saint-Exupéry, Saint-Exupéry qui avait promis de lui écrire la suite du *Petit Prince*, de la lui dédicacer. Mensonges, encore des mensonges, Saint-Ex a menti sur toute la ligne, à toutes les lignes.

Andie se tourne vers moi. Espérant mon soutien ?

Je ne réponds pas. Cette partie de l'histoire ne me regarde pas. Qui soutenir ? Qui blâmer ? Comment choisir entre responsabilité et liberté ?

— Vous avez raison, dit Stelo.

— Quoi ? réagit Andie.

— C'était un vrai manteau contre les balles. Pas une chimère inventée. Les balles des Allemands étaient bien réelles, et elles n'ont pas touché Antoine. Il devait tenir sa promesse. Il a écrit à Consuelo, comme à sa mère, une lettre post mortem, et Consuelo a compris. Ils... Ils... se sont revus.

— Où ?

— Ici... parfois...

— Parce qu'il voulait écrire la suite du *Petit Prince* ?

— Oui ! Antoine l'avait promis.

— Que raconte cette suite ?

— Le Petit Prince a retrouvé sa rose, évidemment, mais sans son enveloppe terrestre.

— Sa rose, dans cette suite, c'est Consuelo ?

— Oui... Antoine le lui avait promis, Consuelo serait l'héroïne de cette suite, une rose aux épines devenue princesse de rêve. Dans cette suite, le Petit Prince rejoint Consuelo. Souvenez-vous, dans ce croquis de 1934, le Petit Prince et Consuelo se ressemblaient trait pour trait.

— Trait pour trait, répète lentement Andie.

— Un petit garçon qui tient la main d'une femme, d'une femme qui lui ressemble, que pense-t-on d'elle, que pense-t-on de lui ?

— Que... balbutie Andie, troublée. Que... C'est... c'est sa mère... Qu'il est... son fils ?

— Sa fille... Blonde comme les blés. Ma grand-mère. Elle a été élevée ici... C'est elle, la suite du *Petit*

Prince, une petite princesse de chair née de l'union d'Antoine et Consuelo... tout comme le Petit Prince de papier était l'enfant virtuel d'Antoine et Consuelo, conçu à partir des traits, de la grâce et de la fragilité physique de sa mère et de la sagesse mélancolique de son père.

— Pourquoi n'avoir rien dit ?

— C'était leur secret. Le secret d'Antoine... Pour que le Petit Prince puisse vivre en pleine lumière, il fallait que tous restent cachés... Oui, Antoine a appliqué sa morale de façon magistrale ! Il a tout fait pour garder ce secret, jusqu'à sa mort. Ensuite, ensuite seulement, il a été possible de mettre au courant ceux qui s'étaient approchés si près de la vérité, ceux qui auraient pu deviner, les irréductibles enquêteurs sur le mystère Saint-Exupéry, les plus grands amoureux du Petit Prince. Depuis le début, il avait fallu garder un œil sur eux, ils auraient pu tout découvrir. De là est venue l'idée de les rassembler dans un club, pour pouvoir les surveiller, les contrôler, les égarer. Le premier mystérieux géographe du Club 612 fut Saint-Exupéry lui-même, puis sa fille, puis son petit-fils, puis moi... Stelo... Stelo signifie étoile en espéranto.

Je souris. Tout est dit.

Je me lève. Il est temps de partir.

L'île n'est plus qu'un souvenir, la mer, à l'exception de la cabane sur pilotis, a tout englouti.

Le soleil est presque couché. L'hydravion flotte dans les derniers rayons dorés.

J'avance d'un pas, Stelo et Andie ne bougent pas.

L'eau m'arrive jusqu'à la taille, dans quelques minutes, nous n'aurons plus pied.

— Nous devons y aller, dis-je.

— Je reste, dit Stelo. Je reste encore un peu.

J'avance, encore un pas.

— Andie, répété-je, nous devons y aller.

— Je... Je vais rester aussi.

Andie regarde Stelo. Stelo regarde Andie.

Je sais déjà que j'ai perdu la partie. Je regrette déjà ce que je dis. Mon regard se perd vers la cabane qui semble flotter sur les vagues.

— Je croyais qu'il s'agissait d'un hôtel particulier ? D'une chambre de moine ? Une seule chambre. Un seul lit...

— Pour deux, répond Stelo. Pour deux en se serrant un peu... Tonio et Consuelo y ont souvent dormi.

Je tourne la tête vers l'horizon. Jamais je n'ai vu un aussi joli coucher de soleil. Jamais je n'ai été aussi triste.

— Vous m'avez apprivoisé, dis-je à Ondine.

Un instant, j'ai peur qu'elle me réponde *on ne sait jamais qui apprivoise qui*, mais non, elle se contente de réciter le texte que chacun connaît.

— Vous y gagnez...

J'observe ses cheveux rouges, ses taches de rousseur, pour ne jamais les oublier.

— Vous y gagnez, répète Andie. À cause de la couleur d'un coucher de soleil. Mon aviateur, vous devez retourner dans votre planète.

— Retrouver ma rose ?

— Oui, retrouver votre rose. Elle vous attend. Savez-vous quel nom porte l'astéroïde 612, pour de vrai ? Chaque astéroïde porte un nom, pas seulement un numéro.

— Non, je ne sais pas.

— Veronika.

Je monte dans l'hydravion. Andie avance le plus loin possible vers moi, elle a de l'eau jusqu'à la poitrine. D'une main, elle cueille un pétale de coquelicot dans ses cheveux. Elle tend la main et me le confie.

— Consuelo racontait que Saint-Ex, en la quittant, lui avait offert un trèfle et donné ce conseil, un conseil qu'elle n'avait jamais oublié.

Ne regarde jamais en arrière, rappelle-toi que dans les légendes les plus merveilleuses, celui qui regarde en arrière se transforme en statue de pierre ou de sel.

Je regarde le dernier rayon de soleil, je sais qu'Ondine regarde dans la même direction.

Aimer...

Je m'en vais sans me retourner.

☆

Voilà, c'était il y a six ans. Je n'ai jamais encore raconté cette histoire. Je n'ai jamais revu Andie. Je n'ai jamais repris l'avion.

Souvent je regarde la mer. Plus souvent que le ciel maintenant. Surtout quand le soleil s'y couche.

Pour vous qui aimez aussi *Le Petit Prince*, nous savons que rien du ciel ou de l'océan n'est semblable, parce que nous nous inquiétons pour une rose.

Tant de grandes personnes, aujourd'hui, grâce à lui, comprennent que cela a tellement d'importance !

Cette histoire n'aurait jamais pu être imaginée, écrite, publiée, sans quelques soutiens importants, que je tiens ici à remercier.

Jean-Marc Probst pour ses commentaires éclairés et son abnégation, à travers sa Fondation pour le Petit Prince, à faire rayonner mondialement ce conte ; Olivier d'Agay, qui a autorisé la publication de ce livre ; les éditions Gallimard, qui ont accepté que de larges extraits du texte de Saint-Exupéry soient reproduits ; la formidable équipe des Presses de la Cité pour la confiance qu'elle m'accorde depuis dix ans.

Cette histoire doit également beaucoup aux nombreux auteurs qui, avant moi, se sont penchés sur le mystère Saint-Exupéry et l'extraordinaire destin du *Petit Prince*. Impossible de tous les citer ici, mais les lecteurs que cette enquête a intéressés pourront, pour en apprendre davantage, se reporter aux livres qui m'ont le plus inspiré.

Les *Mémoires de la rose*, de Consuelo de Saint-Exupéry (Plon, 2000). Les nombreux et documentés ouvrages de Jean-Pierre Guéno ou d'Alain Vircondelet (dont *Saint-Exupéry. Vérité et légendes*, éditions du Chêne, 2000 ; *Antoine et Consuelo de Saint-Exupéry. Un amour de légende*, Les Arènes, 2005 ; *Les Trésors du Petit Prince*, Gründ, 2014). Le très complet recueil *Il était une fois... Le Petit Prince* (Folio, 2006) qui propose un tour d'horizon fascinant sur ce phénomène éditorial unique, et évoque les dessins réellement offerts par Saint-Exupéry à la jeune Marie-Sygne Claudel (ma Marie-Swan !).

Si les étonnantes, et pourtant véridiques, versions alternatives du *Petit Prince*, rédigées et dessinées par Saint-Exupéry, vous ont intrigué, à défaut de laissez-passer VIP à la Morgan Library, vous pourrez les étudier dans l'ouvrage *Le Manuscrit du Petit Prince – Fac-similé et transcription* (Gallimard, 2013). Le tome II des *Œuvres complètes de Saint-Exupéry,* à la Bibliothèque de La Pléiade (Gallimard 1999), propose également un décryptage passionnant des différentes versions du manuscrit original.

☆

En 1943, à la sortie du *Petit Prince*, une astucieuse publicité américaine indiquait : *50 % des lecteurs pensent que ce n'est pas un livre pour enfants. 50 % pensent que ce n'est pas un livre pour adultes. Mais 99 % pensent que c'est un livre pour eux*.

C'est la force de ce conte. Chacun y trouvera ce qu'il vient y chercher. *Le Petit Prince* est un livre de réconfort, intime, qui aide à combler le vide face à l'absence, la solitude, la mort... Certains, qui ne l'ont pas lu, pas relu, pas compris, ou qui tout simplement peinent à aimer ce que tout le monde aime, le réduiront à sa morale consensuelle, *on ne voit bien qu'avec le cœur*, pour le snober ou s'en moquer.

Le monde n'est pas une douce aquarelle...

Les admirateurs du *Petit Prince* leur opposeront qu'il est aussi un éloge de la responsabilité, du sens du devoir, de l'amitié et du respect. Un livre de conviction et de combat. *Le Petit Prince* est par nature un livre de transmission, entre les générations et entre les peuples. Les symboles choisis par Saint-Exupéry, le ciel, le sable, l'étoile, la rose, le serpent, parlent à toutes les cultures, toutes les religions. Fable écologique, fable pacifiste, il est à ce jour le seul récit de fiction atteignant l'universalité des plus grands textes religieux ou politiques. Son message, transcendant les frontières, peut même apparaître aujourd'hui particulièrement subversif dans un monde majoritairement soumis, y compris en France, à l'apologie des replis nationalistes.

Mais au-delà d'un livre doudou, d'un manuel de développement personnel ou d'une bible laïque, *Le Petit Prince* est aussi un éloge du droit à la fuite et au repli sur soi. Telles ces illusions d'optique où l'œil peut distinguer deux dessins à travers une seule image, le conte pourra être aussi bien lu comme une injonction à la responsabilité, ou un hymne à la liberté.

C'est dans cette contradiction, ainsi résolue, que Saint-Exupéry a vécu. Et disparu.

C'est ainsi que je l'ai lu.

C'est ainsi que je l'ai imaginé.

Imaginé, oui. Je ne prétends aucunement que Saint-Exupéry a choisi de rejoindre une île comme le Petit Prince a rejoint son étoile. Je n'en sais pas davantage que n'importe qui, et vous qui avez lu ce roman en savez autant que moi aujourd'hui. Mais l'hypothèse d'une fugue, après tout, n'est pas plus invraisemblable qu'une autre au regard des faits. Et plutôt plus jolie.

Saint-Exupéry a emporté le secret du Petit Prince, et le sien, avec lui.

Comme nous emportons tous nos secrets, en ne laissant derrière nous qu'une vieille écorce de fer ou de chair.

Je vous souhaite de relire très souvent ce conte, le livre le plus triste et le plus joyeux du monde...

Parce qu'un jour, nous aurons tous l'air d'être morts. Mais ce ne sera pas vrai !

Composition et mise en pages
Nord Compo à Villeneuve-d'Ascq

Imprimé en Espagne par
Liberdúplex
à Sant Llorenç d'Hortons (Barcelone)
en août 2022

POCKET - 92, avenue de France - 75013 Paris

S32821/01